MUSEUM LUDWIG
Köln

Wieso schaltete das Ehepaar Richard Gere und Cindy Crawford eine ganzseitige Anzeige in der *Times*, um klarzustellen, daß ihr gegenseitiges Verlangen heterosexueller Natur ist? War Patti Smith wirklich mit Robert Mapplethorpe verheiratet? Ist es Zufall, daß die Stonewall Riots 1969 nach der Beerdigung von Judy Garland begannen? War der erste AIDS-Tote, der sogenannte Patient Zero, tatsächlich ein Flugbegleiter? Warum eröffnete Ronald Gay im September 2000 das Feuer auf die Gäste einer Gay Bar in Roanoke, Virginia?

Die Erzählungen von Thomas Meinecke speisen sich aus Gerüchten, Zeitungsmeldungen und Abhandlungen verschiedenster Provenienz und befassen sich mit historischen Kippmomenten der sexuellen Kulturen. Sie bilden, angeregt durch den Kurator Frank Wagner, den narrativen Beitrag zur im August 2006 eröffneten Ausstellung »Das achte Feld. Geschlechter, Leben und Begehren in der Kunst seit 1960« im Museum Ludwig, Köln.

Thomas Meinecke, 1955 in Hamburg geboren, lebt seit 1994 in einem oberbayerischen Dorf. Er ist Schriftsteller, Musiker und Radio-Discjockey. Zuletzt erschienen die Romane *Hellblau* (2001, st 3508) und *Musik* (2004).

Foto: Eva Leitolf

Thomas Meinecke
Feldforschung

Erzählungen

Sonderausgabe für das
MUSEUM LUDWIG, Köln
Erste Auflage 2006

Die Originalausgabe ist im Buchhandel
als Band 2474 der edition suhrkamp erhältlich
(ISBN 3-518-12474-9).
© Suhrkamp Verlag Frankfurt am Main 2006
Druck: Ebner & Spiegel, Ulm
Umschlag gestaltet nach einem Konzept
von Willy Fleckhaus
Printed in Germany

Feldforschung

*She remembered how, as a young man,
she had insisted that women must be obedient,
chaste, scented, and exquisitely apparelled.*

Virginia Woolf, Orlando

SEX

*Now that I am attractive to men
there isn't a man I want.*

Candy Darling, Diaries

Mae West öffnet zunächst nur die kleine, vergitterte, auf
Augenhöhe angebrachte Klappe in ihrer Wohnungstür,
mustert den auf Anhieb vom Blau ihrer Iris gefangenge-
nommenen Richard Merryman. Der ist, wie verabredet,
erschienen, um die legendäre Hollywood Diva anläßlich
ihres 75. Geburtstags zu interviewen. Am 28. April 1969
soll ihre Gestalt das Titelbild des Life Magazine zieren.
Mae West öffnet, und Merryman findet sie überra-
schend klein, weil sie doch in ihren Spielfilmen immer
eine so statueske Frau gewesen ist; die Mutter bayeri-
scher, der Vater irischer Abstammung. Goldblondes
Haar türmt sich auf ihrem Kopf, und es hängt auch in
ondulierten Locken an den Seiten ihres Gesichts hinab;
ihr elfenbeinweißes Negligé reicht bis zum Fußboden.
Merryman wird in seiner Story schreiben, sie sieht aus
wie die Königin in einem Schachspiel. Er wird ihr ver-
gleichsweise enges, wie überzuckert wirkendes Zimmer
beschreiben, den Baby-Flügel, die Kaskaden von Rü-
schen und Satin, die vorherrschenden Farben Weiß und
Gold. Er wird erklären, daß Mae West sich als noch immer regierende Queen of Sex versteht, und erwähnen,
daß bereits ihr erstes Bühnenstück, 1926, welches sie so-

gar für acht Tage hinter Gitter brachte, den Titel Sex
trug. Er wird auch erwähnen, daß sie dem Frauenge-
fängnis auf Welfare Island, im Anschluß an ihre Entlas-
sung, eine Bibliothek stiftete.

Ihr 1927 folgendes Drama, durch dessen gewagten Text
sie abermals mit den gesetzlich festgeschriebenen Mo-
ralvorstellungen in Konflikt geriet, nannte Mae West
The Drag; es trug den für damalige gesellschaftliche Ver-
hältnisse extrem expliziten Untertitel A Homosexual
Comedy in Three Acts. Die für ihr 1928 uraufgeführtes
Stück The Pleasure Man engagierten Drag Queens, deren Kollegen aus dem Vaudeville Theater die mit heterosexuellem Begehren behaftete Mae West vieles in ihrer
so burlesken wie distinktiven Kunst des Darstellens ver-
dankte, mußten, als sie im Anschluß an die Premiere aus
ihren Garderoben und am folgenden Abend in Kostüm
und Make-up direkt von der Bühne weg festgenommen
worden waren, durch die aufgebrachte Autorin höchstpersönlich aus dem Gefängnisarrest freigekauft werden.
Zu einer dritten Vorstellung kam es nicht mehr; statt
dessen aber zu einem publikumswirksamen, in die Geschichte der Populären Kultur eingegangenen Gerichtsprozeß. Die Reporter fragten sich: Ist Mae West etwa
selbst ein Transvestit? Eine Nymphomanin? Ist sie lesbisch? Fließt nicht vielleicht doch Negerblut in ihren
Adern?

Ein weiteres ihrer in der dialektischen Machart mit den
dramatischen Werken Bertolt Brechts, in der kollektiv
improvisierten Aufführungspraxis mit den Errungen-

schaften des Jazz verglichenen Stücke hieß Sextet, und es werde demnächst, diktiert Mae West dem Mann vom Life Magazine, logisch mit ihr in der Hauptrolle, verfilmt. Bald werde auch ein aufsehenerregender Spielfilm namens Myra Breckinridge in die Kinos kommen, in welchem sie sich selbst darstelle. Mae West erzählt Richard Merryman, wie sie kürzlich einer Frau das Kompliment gemacht habe, ihr Mann sei ausgesprochen attraktiv; sie müsse bestimmt sehr in ihn verliebt sein. Was die Angesprochene freudig bejaht habe, um sogleich zu ergänzen, Mae West sei wirklich die einzige Frau, bei der es ihr nichts ausmachen würde, wenn sie eine Affäre mit ihrem Ehemann eingine. Merryman fragt, 1969, nicht nach, ob hier bereits die Demarkationslinie, der Zollgrenzbezirk, die Freihandelszone, zwischen der homosozialen und der homosexuellen Sphäre berührt wird.

Dafür schwärmt Mae West dem Journalisten von Klosterschwestern vor, denen sie regelmäßig ihre gebrauchten Cadillac-Luxuslimousinen vermacht, und von ihrer absolut treuesten Klientel, den schwulen Männern. Bereits in den 1920er Jahren habe sie die in ihren Bühnenwerken glorifiziert, und sie hätten sich bald mit der verbindlichen Aufnahme ihrer Figur ins feste Repertoire einer jeden Drag Show revanchiert. Wie im Schachspiel: Wo sich die rangniedrigste Spielfigur, wenn sie an dem ihrer Ausgangsposition gegenüberliegenden Ziel angelangt ist, in die zuvor geschlagene Königin einwechseln, in diese umwandeln lassen darf. Als Mae West zur Blütezeit des flachbrüstigen Working Girls die kurvenrei-

che Diva der 1890er Jahre wiedereinsetzte und zur am
eigenen Leib recycelten, resignifizierten, nämlich auch
noch um einen dem komplexen afrikanisch-amerikanischen Signifying entlehnten Jive erweiterten Darstellung brachte, war es logisch bereits Female Impersona-
tion im Sinn von High Camp als schräger Strategie, in
der Vergnügen und Kritik zur Deckung gelangen. Mae
West war davon überzeugt, daß Frauen und schwule
Männer einen gemeinsamen Unterdrücker haben: Den
heteronormierten Mann. In New York war ich die Person, erzählt sie Merryman, die Polizisten davon abhielt,
schwule Männer zu drangsalieren und zu mißhandeln.
Ich redete von weiblichen Seelen in männlichen Kör-
pern. Ich wollte eigentlich sagen: Ihr prügelt eine Frau.

Candy Darling hatte sich die Hauptrolle in der Verfilmung von Gore Vidals Roman Myra Breckinridge er-
hofft und dieses Begehren in mehreren Bittbriefen an
die Produzenten zum Ausdruck gebracht. Entsprechend verzweifelt war sie, als Raquel Welch diesen Part
zugeschlagen bekam. Schließlich tröstete sie sich mit
dem Gedanken, daß Hollywood davon ausgegangen
sein mußte, Raquel Welch gebe einen glaubwürdigeren
Transvestiten ab als sie. Kurz danach, im Mai 1969, lehn-
ten die Columbia Studios ein, gleich Myra Breckinridge,
am klassischen Hollywood ausgerichtetes Filmprojekt
Andy Warhols unter Angabe moralischer Gründe ab.
Woraufhin dieser beschloß, seine Filme vorerst weiter-
hin selbst zu produzieren und ein kleines Porno-Kino in
der 4th Street eröffnete, das er von Gerald Malanga ma-
nagen ließ und in dem ausschließlich schwule Hard-

core-Filme gezeigt wurden. Eigentlich fand Andy Warhol seine eigenen Superstars viel glamouröser, fabulöser
und in jeder Hinsicht sensationeller als die performativ
genormten Darstellerinnen des neueren Hollywood:
Die einzigartige Viva, Ingrid Superstar, Ultra Violet sowie die selbstzerstörerische Edie Sedgwick, in der Warhol seine subkulturelle Antwort auf Judy Garland gefunden hatte. Andy Warhol Superstars waren gleichsam
Meta-Hollywood, und mit den artifiziellen Girlettes
Candy Darling, Jackie Curtis und Holly Woodlawn
hatte er seine radikale Riege dissidenter Diven erst kürzlich abermals erweitern können.

Candy wird in ihr Tagebuch schreiben: Taffy erzählt,
daß sie eine Analyse macht und nun nicht mehr denkt,
sie sei eine Frau, und womöglich sollte sie doch lieber
ein Mann sein. Taffys Liebhaber, Bob, hat bereits einge-
räumt, daß er sie auch in jenem Fall akzeptieren würde.
Taffy sagt, die Sache könnte sich über drei Jahre hinzie-
hen, aber das wäre dann besser als was sie jetzt hat. Sie
sagt, der Grund dafür, daß wir so sind wie wir sind, liegt
darin, daß wir, als wir heranwuchsen, keine passenden
männlichen Identitäten zur Verfügung gehabt hätten.
Und nur weil wir keine passenden männlichen Identitäten zur Verfügung gehabt haben, ist das ja noch keine
Veranlassung, anzunehmen, wir seien Frauen. Vielleicht
hat Taffy recht. Sie sagt, eine Sitzung kostet 30 Dollars,
und es würde helfen. Vielleicht spricht Gott durch Taffy
zu mir. Ich habe den Eindruck, mit den Männern so
ziemlich durch zu sein. Liebe zu Gott wird die Liebe zu
Männern ersetzen, ich habe eigentlich nicht das Gefühl,

einen Mann zu benötigen. Nicht, daß ich sie haßte. Ich nehme Männer durchaus wahr, und manchmal empfinde ich, falls ich einen Mann haben sollte, dann würde ich einen wie diesen oder jenen mögen. Doch verspüre ich kein Verlangen, ich verknalle mich nicht. Obwohl Mick Jagger Candy und Taffy, von den beiden seit einer denkwürdigen Begegnung im Hotel Albert äußerst angetan, in seinem Song Citadel verewigte, traute sich Candy Darling nach dem nächsten New Yorker Konzert der Rolling Stones, zu dem sie ausdrücklich eingeladen worden war, nicht hinter die Bühne. Es war ihr, laut Andy Warhol, peinlich, daß sie die einzelnen Musiker der Band nicht voneinander unterscheiden konnte: Welcher war gleich wieder Mick Jagger?

Judy Garland, deren Vater schwul gewesen sein soll und die im Smoking besser ausgesehen habe als in Chiffon- oder Laméroben, ging zur selben Zeit wie Candy Darling, die ihr Sohn hätte sein können, in Andy Warhols Factory ein und aus. Den Mund voller Spaghetti, sang sie dem erstaunten Andy Warhol ihren Hit Over the Rainbow vor, von dem sich angeblich die Regenbogenflagge der sexuell Andersdenkenden ableitet. Bereits als Teenager war Judy Garland durch ihre Gouvernante Betty Asher sowohl in die Geheimnisse des lesbischen Liebesspiels als auch in die Prozeduren exzessiven Alkoholgenusses eingeweiht worden. Axel Madsen schreibt, daß sie sich stets zu Sexualität unter Männern praktizierenden Männern hingezogen gefühlt und es genossen habe, diesen Männern beim Oral- und Analverkehr zuzuschauen. Jene Männer wiederum hingen Judy

Garland, wenn sie über die Leinwände ihrer Kinosäle
flimmerte, ganz besonders an den technisch kolorierten
Lippen. Judy taufte uns mit ihren regenbogenfarbenen
Tränen, hielt John Rechy fest. Judy Garland, wie Mae
West, wie Maria Callas, als eine zentrale Ikone der inter-
nationalen Homosexuellenkultur. Fünf Männer ehe-
lichte sie in ihrem Leben, darunter den von gleichge-
schlechtlichem Begehren geleiteten Regisseur Vincente
Minnelli, mit dem sie ihre berühmte, ebenfalls schau-
spielernde und singende Tochter Liza Minnelli zeugte.

Als die einmal nicht zu einer Hochzeit ihrer Mutter erscheinen konnte, versprach sie ihr, bei der nächsten ganz
bestimmt wieder dabeizusein. Aber es handelte sich um
Judy Garlands fünfte, ihre letzte Hochzeit, jene mit dem
um eine gesamte Generation jüngeren Mickey Deans,
der sie am 22. Juni 1969 auch tot auffand, akut vergiftet,
angeblich versehentlich, andere sagen absichtlich, durch
die Tabletten, die sie seit Jahren in ungeheuren Mengen
zu sich genommen hatte. Ihre letzten Spielfilmrollen:
Eine sich schuldig fühlende deutsche Hausfrau in Judge-
ment at Nuremberg, 1961. Sie hatte dem Gericht zu
erklären, daß ein ihr bekannter Jude zu Unrecht hingerichtet worden sei, da die ihm unterstellte intime Beziehung mit ihr, einer Arierin, überhaupt nicht stattgefun-
den hätte. Aus Angst vor den Nazis hätte sie ihn damals
nicht zu entlasten vermocht, aus Scham vor den Alliier-
ten bricht sie nun im Nürnberger Gerichtssaal zusammen. Im Jahr darauf gab Judy Garland ihre Stimme für
die Songs und Dialoge einer zweidimensionalen Sex-
katze namens Mewsette in dem Zeichentrickfilm Gay

Purr-ee her, 1963 spielte sie, unvorteilhaft aufgedunsen, eine für geistig Behinderte engagierte Lehrerin in A Child is Waiting und, maskenhaft überschminkt, eine berühmte amerikanische Sängerin in I Could Go on Singing. Danach keine Spielfilme mehr. Nur noch Fernsehen, Konzerte, Schallplatten. Abmagerung und Tod.

Am 27. Juni 1969 nimmt Andy Warhol Candy Darling und Ondine, einen besonders beredten Protagonisten seines protokollarischen Romans a, mit zu Judy Garlands glamouröser Trauerfeier in Frank Campbell's Funeral Home, Ecke 81st Street und Madison Avenue. Dermaßen viele Leute sind gekommen, daß der gesamte Block für den Verkehr gesperrt werden mußte. Man wird die Halle, in der Judy aufgebahrt wurde, die ganze Nacht über geöffnet halten müssen. Warhol hat einen Kassettenrecorder dabei und möchte den Klatsch seiner beiden popistischen Geschöpfe vor Garlands Sarg als Grundlage für ein Theaterstück aufzeichnen. Was aber daran scheitert, daß Ondine mittlerweile clean ist, einen festen Freund hat, als Postbote in Brooklyn arbeitet und nur noch Dinge von sich gibt wie: Ganz schön heiß, heute, oder?

Sylvia Rivera hört die Nachricht von Judy Garlands Totenfeier am Abend im Rundfunk. Zwanzigtausend Leute haben sich in der glühenden Hitze des Tages angestellt, um an dem im Beerdigungsinstitut aufgebahrten Leichnam der Diva vorbeizudefilieren. Sylvia entschließt sich, zu Hause zu bleiben, produziert einen kontrollierten hysterischen Anfall, beklagt das Ende einer Ära, zündet einige geweihte Kerzen an und sagt Gebete für Judy Garland auf. Dann ruft Tammy Novak an und besteht darauf, daß Sylvia später noch ins Stonewall kommt. Das Stonewall Inn, 53 Christopher Street, war von einer Gruppe Mafiosi, die mit Vorliebe schwarze Krawatten zu schwarzen Oberhemden tragen, sukzessive zu einer farbenfrohen Gay Bar umgewandelt worden; einer der Betreiber, Fat Tony Lauria, wird im Zusammenhang dieser kulturellen Entwicklung sogar seine sexuelle Orientierung modifizieren. Sylvia kann sich aber gar nicht vorstellen, jetzt tanzen zu gehen, wo Judy Garland noch warm in ihrem Sarg liegt, wirft eine aufputschende Pille ein und geht dann doch aus dem Haus.

Der Überfall der Polizei auf das Lokal lief in dieser Nacht anders als üblich ab, wurde bekannt als der historische Überfall auf das Stonewall, zum Anstoß für die vehement ausbrechenden Stonewall Riots, den Aufstand der sexuell Andersdenkenden im Greenwich Village. War es Judy Garlands Trauerfeier, durch die diese Leute so sehr elektrisiert waren, sich aufbringen ließen wie nie zuvor? Sylvia Rivera ist sich gegen 2 Uhr nachts gewiß, daß der große Augenblick der Revolution gekommen ist. Noch auf dem Heimweg wird sie Mülltonnen in Brand setzen. Am nächsten Tag wird ihre befreundete Kollegin Marsha P. Johnson einen schweren Gegenstand durch die Windschutzscheibe eines Polizeiautos schmettern. Der Sturm brach los, als eine Lesbe in Männerkleidung, die wegen eben dieser ihrem biologischen Geschlecht nicht entsprechenden Aufmachung festgenommen worden war, unter Knüppelschlägen in den Gefangenenwagen der Polizei gestoßen wurde. Wobei das Stonewall eigentlich kaum von Lesben frequentiert wurde, weshalb die evidente Existenz dieser weiblichen respektive unweiblichen Person in der schwulen Geschichtsschreibung bis heute umstritten ist. Rein zufällig geriet dann auf der zunehmend von wütend Protestierenden gesäumten Straße vor dem verwüsteten Stonewall Inn auch noch der gar nicht schwule Folk Singer Dave van Ronk ziemlich gewaltsam in den Gewahrsam der Polizei. Doch waren es logisch die am femininsten wirkenden Jungen, die von den obrigkeitlich eingesetzten Ordnungskräften am übelsten zugerichtet wurden.

Die Transvestiten und Transsexuellen in ihren kurzen Röcken, ihren knappen, mit Pailletten besetzten Oberteilen sind wahrscheinlich die letzten unterdrückten Frauen, notierte John Rechy. Die zentrale Rolle der sozial deklassierten, unübersehbar flammenden Drag Queens bei der Entfesselung dieser für die fortschreitende Emanzipation der Homosexuellen eminent wichtigen Unruhen mißfiel allerdings vielen Aktivisten der frühen Jahre. Deren bescheidene politische Agitation hatte etwa darin bestanden, gutbürgerlich gekleidet ein gutbürgerlich geführtes Lokal zu betreten, ordentlich Platz zu nehmen und der sich ahnungslos nach ihren kulinarischen Wünschen erkundigenden Bedienung umständlich zu eröffnen: Guten Tag, wir sind eine Gruppe Homosexueller und hätten in diesem Lokal gern drei Bier und einen Tequila bestellt. Wenn sie daraufhin nicht sofort hinausgeworfen wurden, hatten sie

schon einen kleinen Triumph zu begießen. Von den
Drag Queens wurde diese Art politischer Arbeit belä-
chelt; sie gefielen sich in der Pose des Unpolitischen.
Ihre latente politische Leistung ist in erster Linie als eine
analytische und, bei aller ausgestellten, vermeintlich af-
firmativen, aber selbstredend dissidenten Performati-
vität, sehr selten als eine im herkömmlichen Sinn aktivi-
stische zu sehen. Wie Mae West jahrzehntelang als Geg-
nerin der Gleichberechtigung der Frau eingeschätzt
wurde, heutzutage hingegen unhinterfragt als Heroine
des postmodernen Feminismus firmiert.

Sylvia Rivera identifizierte sich, ihrer familiären Herkunft gemäß, mit dem hispanischen Äquivalent der
Black Panthers, den Young Lords, marschierte aber
auch, zumeist high as a Georgia pine, mit den Black
Panthers und geriet einmal sogar in den Genuß einer
fünf Minuten langen Unterredung mit Huey Newton,
dem Führer der Panthers. Sie ging zu den Treffen der
Gay Activists Alliance, GAA, sowie der Gay Liberation
Front, GLF, und wurde dort von einigen lesbischen Ge-
nossinnen, die sich in der Konstruktion ihrer sexuellen
Identität letzten Endes stärker gefangen vorkamen,
wegen ihrer angeblich das Weibliche lediglich parodie-
renden Kostümierung angefeindet. Frage: Warum trägst
du so gern Frauenkleider? Antwort: Weil ich mich darin
wohlfühle. Trägst du gern Hosen? Frage: Ja. Antwort:
Und so trage ich gern Röcke. Was soll ich dir sagen? Ich
mag das Gefühl des Fließens, und du schätzt die Ein-
schränkung; das ist dein Problem. Doch konnte sich
Sylvia mit dieser Haltung nicht durchsetzen und erfuhr,

daß ihr weibliches Gegenüber gerade Frauenkleider als einschränkend empfand. Obwohl ihre Travestie gesellschaftlich um ein Vielfaches stärker geächtet wurde als wenn sich, im Gegenzug, eine Frau maskulin kleidete, wurde sie doch als Selbstermächtigung, als privilegierter Akt einer lediglich provisorischen Überschreitung eingestuft. Ebensowenig wie Sylvia vermochten Li'l Orphan Annie, Lola Montez, Hormona, Boom-Boom Santiago oder Black Bambi die GLF zu unterwandern. Jean O'Leary fragte sarkastisch nach, was es eigentlich mit weiblichem Dasein zu tun habe, wenn sich Männer als Frauen verkleideten, um Rollen anzunehmen, die Männer für Frauen entworfen hätten, um sich von ihnen verführen zu lassen? Gleichzeitig begannen Drag Queens in der bohemistischen Subkultur zunehmend als sexuelle Radikale und nicht mehr als soziale Verlierer angesehen zu werden.

Sylvia genügte die Mitgliedschaft in der vor allem Flamboyanten zurückschreckenden GAA bezüglich ihrer sowohl politisch als auch ästhetisch radikalen Haltung nicht länger, und also gründete sie ihre eigene Organisation, STAR, deren Abkürzung für Street Transvestite Action Revolutionaries stand. Als Hauptquartier diente der hintere Teil eines auf einem Parkplatz im Greenwich Village abgestellten Lastwagens. Eines Tages kehrten Sylvia und Marsha im Morgengrauen aus der Christopher Street zurück, die Arme voller frischem Gemüse und weiterer Lebensmittel, als sie erschrocken stehenblieben. Offensichtlich war der Besitzer des verlassen geglaubten Fahrzeugs aufgetaucht und fuhr nun langsam mit den STAR Headquarters davon, nicht ahnend, daß in seinem Laderaum rund zwanzig adoleszente, genetisch maskuline Ausreißerinnen, Straßenhuren, schliefen. Die waren aber von dem ungewohnten Geräusch des Anlassers geweckt worden und sprangen nun hastig, gerade noch rechtzeitig, von der Ladefläche, bis auf eine, die erst nach Tagen, auf halbem Weg nach Kalifornien, böse aus ihrem Drogenrausch erwachte.

Bubbles Rose Marie, die ebenfalls in dem hinteren Teil des Lasters gewohnt hatte, war mit einem prominenten Mafioso aus dem Village befreundet, der ihr und ihren Kolleginnen rasch, unbürokratisch und wohltätig, gegen gewisse Schutzgelder, ein leerstehendes Anwesen, 213 East Second Street, zur Verfügung stellte. Alle rissen sich buchstäblich den Arsch auf, um die nötige Summe zusammenzubekommen, und binnen kurzem hatten Sylvia, Marsha, Bambi Lamour und eine weitere Person namens Andorra das Gebäude, welches ab jetzt STAR House genannt wurde, liebevoll, wenngleich handwerklich notdürftig, hergerichtet. Beim Einweihungsfest wirkt Sylvia ermüdet und ungepflegt, sitzt stumpfsinnig am Eingang und sammelt Spenden für ihr Haus. Ein von den STAR-Mädchen überreichtes Bukett roter Rosen läßt sie vehement in Tränen ausbrechen, schier endlos, eimerweise. Später abends errichtet sie einen Altar für Santa Barbara, die Schutzpatronin der hispanischen Schwulen, und zelebriert eine afrokatholische Messe.

Neun Monate nach den Stonewall Riots begannen die langwierigen, immer wieder für Monate unterbroche-

nen, drogengeschwängerten Dreharbeiten zu Andy
Warhol's Women in Revolt, einem Spielfilm, dessen
zweischneidig provokante Handlung um eine aktivisti-
sche Gruppe namens Politically Involved Girls, abge-
kürzt PIGS, kreist. Der bereits für die Realisierung von
Andy Warhols Filmen Flesh und Trash angeheuerte Regisseur Paul Morrissey wollte am liebsten den ganzen
Film PIGS nennen; ihm schwebte bereits der Werbe-
spruch Only PIGS could follow Trash vor. Als zentrale
Darstellerinnen wurden Candy Darling, Jackie Curtis
und Holly Woodlawn engagiert. Holly verwechselt
während der weitgehend improvisierten Dialogpassa-
gen andauernd feministisch mit lesbisch. Wo die anderen Rechte und Freiheiten für die Frau einfordern, ver-
langt sie lauthals nach Pussy. Es wurde gemunkelt,
Andy Warhol wolle sich mit seinem neuen Film für das
1968er Pistolenattentat der erklärten Männerfeindin Va-
lerie Solanas revanchieren. Die allerdings, ihrem be-
rühmt-berüchtigten Manifest zur Vernichtung der
Männer zufolge, mit genetisch maskulinen, voller Hin-
gabe ins Ultrafeminine gewandelten Kämpferinnen für
Women's Lib, wie sie in Warhols Exposé angelegt sind,
durchaus hätte einverstanden sein können.

Andy Warhol fand zunächst keinen Vertrieb für Women
in Revolt. Anfänglich lief der Film zweimal in Los Angeles, im November 1971 auf dem dortigen Filmex Festival, unter dem Titel Sex, An Homage to Mae West,
und einen Monat später in einem kleinen Kino in West-
wood, unter dem explizit George Cukor zugeeigneten
Titel Andy Warhol's Women. Für die im Februar 1972

folgende New Yorker Premiere vor geladenen Gästen
wurde ein kleines Sexploitation-Kino in der 59th Street
angemietet. Während der Vorführung demonstrierte
draußen eine Gruppe Frauenrechtlerinnen gegen das
Werk. Anschließend gab es ein Festmahl zu Candy Darlings Ehren in dem Restaurant Le Parc Périgord, Park
Avenue, Höhe 63rd Street. Jackie Curtis war bereits in
Ungnade gefallen und wurde nicht eingelassen. Später
sahen sich alle in Scavullos Haus die brandheißen Fern-
sehverrisse von Women in Revolt an. Der Film beweise,
daß Andy Warhol keinerlei Talent besitze, aber das
wisse man ja bereits seit seinen Campbell's Soup Cans.
Am Tag darauf demonstrierten abermals Frauen in Ar-
meejacken und Kampfstiefeln gegen Women in Revolt.

Andrea Feldman, Andy Warhol Superstar, bekannt
durch die Mitwirkung in den Filmen Imitation of
Christ, Trash und Heat springt am 8. August 1972, dem
10. Todestag Marilyn Monroes, aus einem Fenster ihrer
im vierzehnten Stockwerk, Ecke Fifth Avenue und 12th
Street, gelegenen Wohnung. In einer Hand soll sie dabei
ein Kruzifix, in der anderen die Bibel gehalten haben.
Bob Colacello behauptet dagegen, sie hätte in einer
Hand ihren Rosenkranz, in der anderen eine Dose
Coca-Cola gehalten. Andy Warhol, gläubiger Katholik,
geht nicht zu Andrea Feldmans Beerdigung. Ist er denn
seit Judy Garlands Tod überhaupt auf irgendeiner weiteren Trauerfeier gewesen? Im November wird er es
nicht einmal auf die Beerdigung seiner Mutter schaffen.

Am 21. März 1974 stirbt Candy Darling im Columbus-Krankenhaus elendig an Leukämie. Die Mitarbeiter von Frank Campbells noblem Bestattungsinstitut bahren sie im selben Raum auf wie einst Judy Garland. Kein Wort seitens des Predigers über Candys ursprüngliches, ihr genetisches Geschlecht. Andy Warhol erscheint nicht auf Candy Darlings Beerdigung, obwohl er die Kosten der Zeremonie übernommen hat. In jenem Augenblick, als der Sarg auf die Ladefläche des vor dem Institut bereitgestellten Leichenwagens geschoben wird, fährt, laut Bob Colacello, ein schwarzer Rolls-Royce vor und hält kurz an. Auf dem Fahrersitz läßt sich ein livrierter Chauffeur ausmachen, auf der Rückbank eine elegante alte Dame unter einem weißen Schleier, im weißen Pelz, mit weißen Handschuhen: Gloria Swanson.

PET SHOP BOYS

Margitta vergräbt ihr Gesicht an meinem Hals, in der Beuge zwischen meinem Ohr und meinem Schlüsselbein, unter meinen Haaren, mehrere Minuten lang. Ich lausche auf ihren Atem, in einer unklaren, unsicheren, mir fast mechanisch vorkommenden Regung streichele ich über ihr Haar. Als Margittas Gesicht wieder auftaucht, im Halbdunklen dieses uns überhaupt nicht vertrauten Zimmers, ist das Make-up um ihre Augen ganz verschmiert. Ich kann nicht ausmachen, ob meine Verabredung weint. Ich frage mich: Ob sie vielleicht geweint und deshalb ihr Gesicht vor meinem prüfenden Blick verborgen hat? Ob Margitta sexuell erregt ist? Oder ob meine Körperwärme ihre Schminke zerlaufen ließ. Wir sollten lieber zurückgehen, schlage ich vor, hinunter zu Pats und Tiffanys Hochzeitsgesellschaft, deren polyphonen Lärm wir das Treppenhaus heraufdringen hören. Aber Margitta muß erst noch einmal zur Toilette, ihr Make-up auffrischen.

Mit meiner ausgestreckten Hand vermag ich den Fußschalter einer Stehlampe einzuschalten und versenke mich in die Betrachtung des Plakats, das symmetrisch über dem Messingbett hängt: Eine vergrößerte Reproduktion des berühmten Vanity Fair Covers von 1993, auf dem das weibliche Supermodel Cindy Crawford, mit nichts als einem einteiligen schwarzen Badeanzug sowie schwarzen Stilett-Stiefeletten angetan, der jungenhaften Country & Western-Sängerin K. D. Lang, die einen konservativen Herrenanzug, wie ein Börsianer, wie ein Ganove, trägt und auf einem historischen Barbierstuhl sitzt, das Kinn zum Rasieren einseift, beziehungsweise bereits eingeseift hat und nun geradezu auf ihr kniet. Ob ein entsprechendes Cover auch mit zwei Männern denkbar wäre? Mir fällt gar kein Name eines männlichen Supermodels ein. Werden die überhaupt Supermodels genannt? Spricht heute noch irgend jemand von Dressmen? Ich richte mich auf, stütze mich auf, denn unter dem Poster hängt, mit Stecknadeln befestigt, ein Zeitungsausschnitt, ausgerissen, dessen Wortlaut, der seiner Überschrift nach eine indiskrete Äußerung der Pornokönigin Jenna Jameson wiedergibt, ich augenblicklich entziffern möchte. I kept getting a weird vibe from her. I knew what it meant, because I'd experienced it so many times before, but I kept dismissing it. It couldn't be true: She was Cindy Crawford, after all. Cindy reached over and rubbed the back of my neck. Ooh, she cooed, verrät Jenna, look at your beautiful tattoo. Cindy touched my neck so softly and sensually. It was too much. She was so larger than life that I couldn't even imagine running my tongue along that trademark mole of hers. So I excused myself to get a drink. Ich lasse mich auf den Rücken fallen und denke: Warum bin ich heute abend nicht mit Bernard ins Kino gegangen? Wird er sich die Brothers Grimm nun allein ansehen? Bernard, der momentan, auf seiner verzweifelten Suche nach Helmut Langs Rasierwasser, das seit kurzem nicht mehr hergestellt wird, an keiner Parfümerie vorübergehen kann. Deckt sich mit diesen Restposten ein, als handelte es sich um Treibstoffvorräte. Befürchtet allen Ernstes, er könne meine Zuneigung einbüßen, wenn er auf eine andere Duftmarke umsattelt.

Eine der beiden Glühbirnen in der Stehlampe flackert. Als Margitta zurück ist, läßt sie sich auf der Bettkante nieder, wischt mir Spuren ihres Lippenstifts von den Lippen und stellt fest: Sieht ganz so aus, als ob Cindy Crawford K. D. Lang küssen wolle. Ich setze mich auf, nehme meine Haare am Hinterkopf zusammen. Sie sollte sie lieber vorher rasieren, merke ich an und male zwei Anführungszeichen in die Luft, ihr zumindest den Rasierschaum abnehmen. Das Vanity Fair Cover wurde von Herb Ritts geschossen, sagt Margitta, die auch fotografiert, klassisch, sogar eine eigene Dunkelkammer besitzt. Ritts ist vor wenigen Jahren an einer Lungenentzündung gestorben, aber es war natürlich nicht einfach nur eine Lungenentzündung. Er ist an AIDS gestorben, sagt Margitta. Sein letzter Auftrag sei abermals für das Magazin Vanity Fair gewesen. Herb Ritts hatte es auch geschafft, daß Warren Beatty seinen Kopf, vor seinem Objektiv, damit vor aller Welt, an Annette Benings schwangeren Bauch schmiegte. Gnadenlos fotografierte er die nach einer gefährlichen Gehirnoperation kahlgeschorene Liz Taylor; du kannst ganz deutlich die Narbe auf ihrem Schädel sehen, sagt Margitta. Tom Cruise und Nicole Kidman, die sich wiederholt genötigt sahen, den heterosexuellen Charakter ihres gegenseitigen Verlangens auch in Worten auszuweisen, nahmen sich vor Herb Ritts' Kamera mit nackten Oberkörpern in die

Arme. Ich habe über den Gerichtsprozeß gelesen, den Tom Cruise gegen einen Journalisten aus Los Angeles anstrengte, der geschrieben hatte, Nicole Kidman und Tom Cruise hätten anläßlich der Dreharbeiten zu dem auf Arthur Schnitzlers Traumnovelle beruhenden Spielfilm Eyes Wide Shut einen speziellen Trainer für ihre Liebesszenen benötigt. Und über einen Prozeß gegen den schwulen Porno Star Chad Slater, der behauptet hatte, seine Liebesaffäre mit Tom Cruise hätte zu dessen Scheidung geführt. Und dann gibt es ja, sagt Margitta, das legendäre frühe Foto von dem noch ziemlich unbekannten Richard Gere, mit dem Ritts berühmt wurde. Die beiden Männer befanden sich 1979 in einem Buick Le Sabre auf einer Spritztour durch die kalifornische Wüste, als ein Reifen platzte und gewechselt werden mußte. Verschwitzt und verschmiert von dieser Arbeit, ließ sich Gere von seinem Freund zu einem improvisierten Fototermin überreden, posierte mit hinter dem Kopf verschränkten Armen, eine Zigarette im Mundwinkel, vor dem Buick. Es existieren aber auch Quellen, die besagen, die beiden hätten sich den Reifen an einer Tankstelle in San Bernardino wechseln lassen, und der Schmutz auf Geres Körper sei künstlich aufgetragen.

Wir schlüpfen in unser Schuhwerk. Meine Verabredung sagt: Richard Gere heißt nicht einfach nur Richard Gere, sondern Richard Tiffany Gere. Seine erste Filmrolle, Mitte der 1970er Jahre: ein Zuhälter am Times Square. In dem Spielfilm Looking for Mr. Goodbar mimte er einen verwahrlosten Strichjungen, in American Gigolo einen hochbezahlten Callboy. Der muß einfach schwul sein, begannen die Leute zu reden. In Hollywood hatte es das ja noch gar nicht gegeben, daß ein heterosexueller Schauspieler einen homosexuellen Mann spielte, behauptet Margitta. Auch heute wird da gern als erstes gefragt: Wie hat sich das denn angefühlt, einen anderen Mann anzufassen? Mit Frauen war das stets anders, sage ich, die durften sich schon immer aneinanderkuscheln. Warum denn eigentlich? Weil die Kamera stets den männlichen Blick verkörperte? 1979 stellte Richard Gere am Broadway in einer Inszenierung des Bühnenstücks Bent einen von Nazis verfolgten Homosexuellen dar. In einer darin enthaltenen Nacktszene hatte er explizit darüber zu fantasieren, einem Mann den Schwanz zu lutschen, und er wurde für diesen Part mit einem Preis ausgezeichnet. Kennst du die oft kolportierte Geschichte, fragt Margitta, nach der sich Gere eine mongolische Wüstenspringmaus aus seinem Anus entfernen lassen mußte? Nein? Sie entbehrt, nebenbei gesagt, auch jeglicher seriösen Grundlage.

Unten hat jemand Horses, das Debüt-Album von Patti Smith, aufgelegt. Als Margitta und ich die Treppe herunterkommen, werden wir von Pat mit einem eigenartigen Augenaufschlag empfangen. Wir wissen nicht, ob wir ihn auf Pats gewöhnlichen Drogenkonsum oder unsere ausgedehnte Abwesenheit zurückführen sollen. Margitta nimmt meine Hand und zieht mich auf die Tanzfläche. Nur knapp oberhalb sogenannter Zimmerlautstärke, was hier aus den Boxen schallt; außerdem hören wir nur den linken Kanal, die zweite Box ist dem Flur zugedreht. Ich stelle mich etwas ungeschickt an,

weiß gar nicht, wie ich mich zu Rockmusik über das
Parkett bewegen soll. Margitta behauptet, Patti Smith
sei bereits Punk, da müsse Tanzen in eine Art Hüpfen
übergehen. Ich finde aber, die laufende Musik hat vielmehr etwas Wiegendes, zur Ausdrucksgebärde Ver-
leitendes. Ob ich wüßte, daß Patti Smith für kurze Zeit
mit Robert Mapplethorpe verheiratet gewesen ist. Dem
schwulen Fotografen? Dem schwulen Fotografen; er
hat sie auch für das Cover ihres ersten Albums abgelich-
tet. Wie, irgendwie umgekehrt, der schwule Schriftsteller Hubert Fichte mit der als heterosexuell bekannten
Fotografin Leonore Mau zusammenlebte, merke ich an,
und mit dieser auch die Ehe vollzogen haben soll, wenn
sich das so sagen läßt, nicht vor dem Traualtar, sondern
im Bett; nicht als Sakrament, aber als Prüfung. Womöglich, bedenken wir dieses Liebespaares regelmäßige Teil-
nahme an den Riten der afrokatholischen Kirchen beider Amerikas, aber doch auch als Sakrament. Ich frage:
Besitzen nicht Leonore Maus Portraits von Hubert
Fichte etwas viel Eindringlicheres als jene, die Robert
Mapplethorpe von Patti Smith anfertigte? Kannst du
absolut nicht miteinander vergleichen, behauptet Margitta.

Wir verlassen die Gruppe der Tanzenden und sehen die
schwarz-weiße Schallplattenhülle auf dem Teppichbo-
den vor der Stereoanlage liegen; Tiffany hat sie soeben
mit dem Pfennigabsatz eines ihrer weißen Pumps
durchlöchert. Gut, daß die Platte nicht drin steckte,
bemerkt Margitta trocken. Patti Smith sieht 1975, mit
achtundzwanzig Jahren, tatsächlich auch wie ein Junge

aus, finden wir. Auf der rückwärtigen Seite entdecken wir die Formel Beyond Race, Beyond Gender. Margitta führt ein früheres Foto, von 1971, an, auf dem Patti Smith, ganz und gar jungenhaft, mit dem extrem effeminierten Andy Warhol Superstar Jackie Curtis posiert. Tiffany und Pat haben die Künstlerin vor wenigen Monaten in Bochum leibhaftig auftreten sehen: Sie hatte sich ein weites, weißes Oberhemd mit viel zu langen Ärmeln in eine enge, bunte Hose gestopft, an ihrem Oberkörper schlackerte ein frackartiges schwarzes Jackett. Sie sah aus wie mein Ex, sagt Tiffany. Tiffanys Ex als notorischer Feuerschlucker und Stelzengeher ohne Ende. Mit ihrer Gitarre bewegte sie sich wie ein Derwisch über die Bühne, bemerkt Pat abschätzig. Patti Smith hätte ausgesehen wie ein alternder Dandy, ergänzt Tiffany, ausgesehen wie ein Narr. Tiffany und Pat können davon ausgehen, daß Leute wie Margitta und ich Narren als eher abstoßend empfinden. 1975 wäre Patti Smith aber noch sehr okay gewesen, meint Margitta. Die Frau, in deren Begleitung ich hier bin, ist so viel älter als ich, daß sie sich genau an 1975 erinnern kann; sogar an die noch länger zurückliegende Ölkrise: Benzinkanister in der Garage ihrer Eltern bis unter die Decke gestapelt, das Auto auf der Straße abgestellt.

Ohne Margitta wäre ich nie auf diese Hochzeit eingeladen worden. Etliche Male, bereits vor dem Standesamt, in der Mittagssonne, alle mit Sonnenbrillen, wie auf einer Beerdigung, fand Margitta, sahen wir aus, wurde ich von anderen Gästen nach meinem Namen befragt, immer wieder habe ich erklärt, ich sei mit Margitta da.

Woraufhin diese einige anerkennende Blicke zugewor-
fen bekam, deren unübersehbare Anzüglichkeit mir
Unbehagen verursachte. Alle sind hier per du. Von mir
aus habe ich niemanden nach dem Namen gefragt. Ich
wäre nie auf die Idee gekommen, Pats und Tiffanys
Bettzeug zu besudeln.

Alle meine männlichen Freunde finden Patti Smith un-
weiblich, erzählt Margitta. Robert Mapplethorpe habe
bekannt: I learned about my own sexuality through taking photographs of sexuality. Er sei berühmt geworden
für seine leidenschaftlichen Studien männlicher Anato-
mie, und zwar in möglichst extremen sexuellen Situatio-
nen, behauptet Tiffany. Aber er hat sehr gern auch Blumen fotografiert, wende ich ein. 1989 sei er an AIDS gestorben, sagt Margitta. 1974 habe er Patti Smith schon
einmal portraitiert, als Madonna; Mapplethorpe sei ja
katholisch gewesen. Margitta und Tiffany sehen sie direkt vor sich: Einer marmornen Madonna Michelange-
los gleich habe Patti Smith auf dem Polaroid gewirkt.
Aber auch zornig, findet Tiffany, wie auf einem polizei-
lichen Fahndungsfoto.

Ich würde gern mitreden können, doch ich kenne das
bewußte Portrait nicht. Zornige Madonna, nie gehört,
merke ich an. Pourquoi pas, sagt Margitta. Es sei kaum
zu glauben, findet Tiffany, daß es sich bei diesem sehr
harten Schatten, diesem an Fotokopien erinnernden
Kontrast zwischen Schwarz und Weiß, überhaupt um
ein Polaroid handele. Ich stelle die Frage: Wie kann die-
selbe Person einmal wie ein Junge, dann wie die Mutter

Gottes aussehen? Warum denn nicht, so Margitta und Tiffany wie aus einem Mund. Die beiden haben früher selbst mit Vorliebe Polaroids geschossen. Auch voneinander; teils mit Selbstauslöser. Anfänglich hätten sie die zunächst stets unsichtbaren Fotografien an ihren Ärmeln warmgerieben, damit sie sich rascher entwickelten, später hätten sie sie lieber angehaucht. Margitta spricht Polaroids eine malerische Qualität zu: Faszinierend, wie das Bild ganz langsam unter unseren Blicken entsteht, zunehmend Farben und Konturen annimmt. Mapplethorpes Polaroids seien auch mit den Gemälden Leonardos, Raphaels und Caravaggios verglichen worden. Genüßlich entnimmt Margitta Tiffanys Zigarette einen tiefen Zug, atmet schier ewig nicht wieder aus. Beide rauchen ausschließlich Zigaretten mit Mentholgeschmack.

Wir sind jetzt in der Bibliothek, bei den Kunstbüchern, und haben uns auf marokkanischen Lederpolstern niedergelassen. Mapplethorpes Fotografien umgibt tatsächlich eine Aura kompositorischer Makellosigkeit; das landläufig Häßliche wird bei ihm auf klassische Weise schön. Womöglich durch die offensichtliche Abwesenheit von Scham, gibt Tiffany zu bedenken. Und Margitta begeistert sich: Wo sonst findest du eine sadomasochistische Szene in einem einwandfreien Biedermeier-Bett? A compilation of his sex photographs, such as this book, is something Mapplethorpe wanted to organize for years, schreibt Ingrid Sischy im Vorwort. Although he continued to involve sex as an important element of his work, he shot all his hard-core images in a

space of a few years. If one only heard about Mapplethorpe's most graphic images, instead of looking at
them, one might think they resemble pornography. But
there is a world of difference between a Mapplethorpe
image and pornography. For a start, his subjects weren't
for hire. The relationships depicted were real. As Mapplethorpe once bluntly said, the people involved in
those sexual pictures are really involved in what they
were doing. It's their thing. If there was somebody that
happened to be drinking piss in the photograph, he was,
in fact, into drinking piss. He wasn't doing it for the pictures. Dabei konnte sich Robert Mapplethorpe durchaus für Pornographie erwärmen.

Tiffany liest vor: The first time I went to stores on 42nd
Street and saw those pictures in cellophane, I was still
straight and didn't even know that those male maga-
zines existed. I was sixteen and not even old enough to
buy them. I'd look in the window, and I'd get a feeling
in my stomach. I was in art school then and thought,
God, if you could get that feeling across in a piece of art.
I wanted people to see that even those extremes could be
made into art. I wanted to take those pornographic images and make them somehow transcend the images of
pornography. I had the idea of taking sexual images and
doing it a little differently than it had been done before,
having a formalist approach to it all, which I hadn't seen
in photography or pornography. So I set out to do that.
Dann darf ich auch einmal blättern: Koteletten, Backen-
und Schnauzbärte, Lederklüfte, Gummiknüppel, Söld-
nermützen, Hakenkreuze. Entsprechendes Foucault-
Zitat im Vorwort.

Robert Mapplethorpes jüngerer Bruder Edward erinnert sich: It was around 1980. I was twenty, and Robert was thirty-three. He had basically cut himself off
from the family, but I'd try to stay in touch with him,
and he'd gotten me on the guest list for a Patti Smith
concert. We had been backstage, and I didn't want to be
the little brother getting in the way, so I said, you do
your thing, and I'll go out and watch the show from the
audience, which I did. At one point I looked over at the
speakers and there was Robert perched on top of one of
them with a guy's arm around him. My reaction was
surprise. The thought of it was easier than seeing it. This
was the first time I had actually seen my brother in an
intimate situation with a man. To tell you the truth, as a
kid I was told Robert was married to Patti Smith.
They'd had such an incredible relationship, and that's
what he'd told our parents. In fact, I have a bunch of
postcards that Patti sent to my mother in the early sev-
enties, that say: Dear Mom. Also, waren die beiden denn
nun verheiratet, frage ich, oder haben sie es nur behauptet? Verheiratet, wenn es nach Margitta, vorgegaukelt,
wenn es nach Pat ginge.

Als die Mitternachtssuppe serviert wird, erzählt Tiffany
von Aktfotos, auf denen sie gemeinsam mit Margitta zu
sehen sei. Männliche Bekannte hätten das damals sehr
begrüßt: Zwei Mädchen, Seite an Seite, ohne Sachen an.
Außerdem: Mal sehen, wo und wie die am liebsten berührt werden. Dann dreht Pat das Bilingual Album der
Pet Shop Boys um. Bisexuell orientierte Frauen wirken
sowohl auf Männer als auch auf Frauen anziehend, sagt

ein Gast namens Irenäus. Frauen fänden solche Abbildungen nicht selten, wie dann gern gesagt werde: ästhetisch. In Spielfilmen verkörperten miteinander liierte Freundinnen auch sexuelle, Tiffany nennt es: politische Freiheit. Sie könnten ihren Körper, ihr Leben, auch ohne männliche Herrschaft genießen.

Irenäus, gespielt: Als Verena sich mir zum ersten Mal hingab, raubte ich ihre Jungfräulichkeit. Margitta: Frauen machen entsprechend weniger Anstalten als Männer, Vorwürfe gleichgeschlechtlichen Verlangens abzuwehren. Sichtlich vergnügt nährte Madonna die Gerüchte, nach denen sie in ein Liebesverhältnis mit Sandra Bernhard verwickelt sei. Vor laufenden Fernsehkameras steckte sie Britney Spears ihre Zunge in den Rachen. Von Männern kursieren solche Inszenierungen ausschließlich in einschlägigen Kreisen, behauptet Tiffany. Heterosexuell orientierte Männer hätten für Fotos, auf denen mehrere nackte Männer zu sehen seien, überhaupt keinen Sinn. Während wir männliche Sexualität stets mit der Ausübung von Macht in Zusammenhang bringen, ist sie in Wirklichkeit, sagt Verena, um einiges verletzlicher als die weibliche. Zerbrechlicher, fügt Margitta hinzu. Hört, hört, ruft Irenäus. In Klammern: Keine der anwesenden Frauen hat je erlebt, daß ein Mann einen Orgasmus vorgetäuscht hätte.

Irenäus glaubt, daß die Pet Shop Boys ihren Bandnamen einer gängigen sexuellen Praxis entlehnt hätten, nach der sich Männer Röhren ins Rektum schieben, um kleinere Nagetiere hineinzuschicken, damit diese sie stimulieren.

Tiffany ist mit Irenäus' Schilderung überhaupt nicht einverstanden, wirft ihrem Halbbruder Homophobie vor. Die Pet Shop Boys hätten sich ganz simpel nach einer in ihrem Freundeskreis betriebenen Kleintierhandlung benannt. Ein Kanadier, dessen Namen ich nicht kenne, der mir aber beim Abnehmen meines Mantels nicht nur behilflich gewesen, sondern bereits deutlich zu nahe getreten ist, fügt hinzu: Gerbilling or gerbilstuffing is a supposed kink, in which a live rodent is shoved up your ass for the alleged joy of feeling it wriggle and jiggle and tickle inside. The practice is often attributed to gay men, but only by people who don't know much about gay men. In reality, of course, gerbilling is a fictitious practice. Zip-zilch-zero cases of gerbils-up-the-ass have been reported in medical journals.

Auf dem Rückweg von der Toilette höre ich einen Gast zu einem anderen sagen: War es nicht Kaliforniens Gouverneur Arnold Schwarzenegger, der forderte, die gleichgeschlechtliche Ehe dürfe nur zwischen einem Mann und einer Frau geschlossen werden? Darauf der andere: Ganz genau, wie die zwischen Richard Gere und Cindy Crawford, die, wie ich, im Gehen innehaltend, vernehme, von 1991 bis 1995 miteinander verheiratet waren; angeblich in erster Linie, um beider auf das gleiche Geschlecht gerichtetes Begehren zu kaschieren, aber die entsprechenden Gerüchte ließen einfach nicht nach. Schließlich schaltete das Ehepaar für dreißigtausend Dollars eine ganzseitige Anzeige in der Londoner Times, deren Text du unbedingt kennen solltest, sagt der Ältere. Wenn du meinst, antwortet der Jüngere. Daraufhin machen sich die zwei, ihrem Tonfall entnehme ich, daß sie aus der Schweiz stammen, auf die Suche nach unseren Gastgebern. Ich schließe mich an, folge den ältlichen Gästen, sie halten zusammengeknüllte Papiertaschentücher in den Händen, in Pats Arbeitszimmer. Im blauen Widerschein des Computerbildschirms geben sie Richard Gere plus Cindy Crawford ein. Vorsichtig frage ich: Darf ich? Und stecke meinen Kopf zwischen die penibel rasierten Schädel der Schweizer. Auf dem Bildschirm erscheinen die Worte: We are heterosexual and monogamous and take our commitment to each other very seriously. Reports of a divorce are totally false. We remain very married. We both look forward to having a family. Marriage is hard enough without all these negative speculations. Aber im Jahr darauf waren Richard Gere und Cindy Crawford bereits wieder geschiedene Leute, sagt der ältere der beiden Schweizer. Sehr geschiedene Leute.

Die Luft ist mittlerweile wie zum Schneiden. In der Küche gerate ich, vor dem geöffneten Kühlschrank, mit einem Mann namens Oskar ins Gespräch, der mir sein Appartement, unaufgefordert, von der Wohnküche ausgehend, im Schlafzimmer landend, bis ins geringste Detail schildert, was mir eine geradezu fetischistische Komponente zu enthalten scheint. Die verspiegelte Bar, die analoge Stereoanlage, das quadratische Wasserbett. Eine Junggesellenwohnung, offensichtlich, merke ich an. Er sei tatsächlich Junggeselle, bekennender Junggeselle, sagt mein neuer Bekannter. Beziehungsweise, die Wohnung eines Playboys, hake ich nach. Exactly, bestätigt mich Oskar, abermals verzückt, ein waschechtes Liebesnest. Dessen übertriebenes Interieur dir als Bühnenbild für die alberne Inszenierung deines zwangsheterosexuellen Lebenswandels dient, denke ich, behalte diesen Einfall aber für mich. Wir haben dem Kühlschrank die letzte Flasche Bellini entnommen, Oskar hat sie umständlich, theatralisch, geöffnet und zwei frische Gläser für uns aufgetrieben. Wir setzen uns auf die unterste Stufe der nach oben führenden Treppe, stoßen auf Pat und Tiffany an, lauschen dem rechten Kanal der Musik und verfallen in ein Schweigen, das auf Oskars Seite als Verlegenheit, meinerseits als verstärkte Nachdenklichkeit verstanden werden kann.

Verrückt, räsoniere ich: Der Playboy als erklärter Verehrer der Frauen, gleichzeitig deren größter Verächter. In zahlreichen Spielfilmen, vor allem der klassischen Ära, nachzuverfolgen. Am Happy End wirkt der Playboy, oft vor dem Traualtar, wie umgepolt. Nicht zu vergessen die Verwechslungskomödie, in welcher der Junggeselle mehrere männliche Identitäten über die Bühne zu bringen hat und dabei in der Regel zunehmend peinlich unter Druck gerät. Nachbarn fragen sich noch heute: Warum lebt der, in Klammern: heterosexuelle, Junggeselle eigentlich allein? Ist er vielleicht letzten Endes so heterosexuell gar nicht veranlagt? Wann wird er aus seinem Wandschrank, ist gleich: seiner Junggesellenwohnung, herauskommen? Einmal abgesehen von dem zumeist homophoben Hintergrund dieser Fragestellung: Kann die Art, in welcher Playboys Frauen nachstellen, sie, wie es heißt, nehmen, wirklich als strukturell

heterosexuell bezeichnet werden? Machismo ist doch
auch eine in schwulen Kreisen gepflegte Kulturtechnik;
wer sagt uns, daß sie dort nicht sogar ihren Ursprung
hat? Ursprünge kehren sich in kulturwissenschaftlicher
Hinsicht sehr schnell um, sagt Bernard. Das vermeintli-
che Nacheinander von sogenannter Ursache und Wirkung stelle sich dabei als eine Art Oszillieren heraus: Als
das Flimmern am Horizont dessen, was früher, irrtüm-
lich, als das Vordiskursive bezeichnet worden wäre.

Bernard hat mir beigebracht, an etwas Vordiskursives
nicht mehr zu glauben. Zwei Typen im Partnerlook
kommen die Treppe herunter, steigen umständlich über
Oskar und mich hinweg, werfen beinahe unsere Bellini-
Flasche um. Sie haben Latzhosen an, mit Ösen, um
Hämmer und Zangen einzuhängen, auch Stecktaschen
für Zollstöcke, aber sie haben weder Hämmer noch
Zangen oder Zollstöcke dabei. Sie betreten die Tanzfläche, und sofort bilden alle anderen Tanzenden einen
Kreis um sie und feuern sie an. Da taucht Margitta in
dem Getümmel auf. Ich stelle ihr Oskar vor, stelle
Oskar Margitta vor. Stelle mir vor, wie Oskar auf Margitta und wie sie auf ihn wirkt. Auch von den Sachen
her, die sie anhaben. Meine Verabredung ergreift meine
Hände, zieht mich zu sich herauf, zieht mich zu sich
heran, nimmt mich demonstrativ in ihre Arme und läßt
mich ewig nicht mehr los. Oskar, dem ich über Margittas linke Schulter zulächeln kann, bleibt allein auf der
Treppenstufe sitzen.

Margitta hat mich die ganze Zeit gesucht. Sie wollte mir eine Freundin vorstellen, die mit ihrem Freund, von dem sie kürzlich ein Kind bekommen hat, und dessen Mann, den der aber nur geheiratet hatte, damit er eine Aufenthaltsgenehmigung in Deutschland bekäme, in eine ehemalige Vinothek oder Videothek gezogen sei; nun sind die beiden aber schon nach Hause gegangen. Der Mann ihres Mannes habe nicht länger auf das Baby aufpassen können, in einer halben Stunde beginne seine Schicht als Taxifahrer. Als ich Margitta von Richard Geres und Cindy Crawfords Anzeige erzähle, weiß sie gleich mehrere vergleichbare Fälle anzuhängen. Der Schallplattenmogul David Geffen und der Hollywood-Schauspieler Keanu Reeves mußten sich sogar gegen das zähe Gerücht wehren, sie seien miteinander verheiratet. Und Richard Tiffany Gere selbst solle einmal vor Schwulen und Lesben in London gesagt haben: Ihr alle habt seit Jahren gewisse Gerüchte über mich vernommen. Ich glaube, jetzt ist der Zeitpunkt gekommen: Mein Name ist Richard Gere. Und ich bin eine Lesbe. Wobei er hier ja mal seinen zweiten Vornamen sehr gut zum Einsatz hätte bringen können, findet Margitta.

Auf dem Weg zu unseren vom Tau benetzten Autos, in der gekiesten Auffahrt, als der Morgen im Osten bereits zu dämmern beginnt, kommt Irenäus, der eindeutig betrunken ist, abermals auf Tiffanys Namensvetter zu sprechen. Angeblich hatte der einmal eine lebende Wüstenspringmaus in Klebeband gewickelt und in seinen Hintern, seinen Hintern hinauf, geschoben. Wobei das verzweifelte Zappeln der Maus, Irenäus, gespielt: läßt

mich aus diesem Arschloch raus, den Schauspieler sexuell stimulieren sollte. Doch irgend etwas ging dabei
wohl schief: Womöglich riß das Klebeband, und die
Wüstenspringmaus krallte sich in Geres Innereien fest.
Vielleicht blieb sie stecken und infizierte den Vergnü-
gungssüchtigen, mutmaßt Verena, die ihre kostbaren
Riemchensandalen in der Hand trägt und barfuß über
den Kies tippelt. Die Legende besage jedenfalls, daß
Richard Gere dem Cedars-Sinai-Krankenhaus einen
geheimen Besuch abstatten mußte, um das Tier chirur-
gisch wieder entfernen zu lassen. Margitta und der Kanadier widersprechen, können sich aber nicht durchsetzen: Echt hartnäckige Anekdote.

Wir kommen an einem BMW vorbei, dessen Türen einerseits mit der Reproduktion eines Renaissancegemäl-
des, andererseits mit einem von Ingres inspirierten
weiblichen Akt bedruckt wurden. Die Radkappen sehen aus wie alte Fayenceteller. Einer von Robert Rauschenbergs BMW Art Cars aus dem Jahr 1986, sagt ein
auffallend elegant gekleideter Mann, der Verena soeben
auf seine Schultern genommen hat, wodurch ihr hellgel-
bes Kleid auf seiner Stirn eine Art Schleier formt. Wer ist
denn mit dem Wagen gekommen? Niemand weiß es.
BMW Art Cars werden gar nicht gefahren, behauptet
Margitta. Irenäus will vor gar nicht langer Zeit, in München, bei Quiche und vorzüglichem Federweißem, einige nette Worte mit Rauschenbergs Lebensgefährten
Darryl Pottorf gewechselt haben. Der hätte ausgesehen
wie Robert Rauschenberg selbst, sagt er, nur jünger. Alle
verabschieden sich voneinander. Alle gehen zu ihren die

prachtvolle Allee entlang abgeparkten Karossen. Nur der Kanadier läßt seinen Mietwagen stehen, verfolgt uns bis zu Margittas Lancia und erhält endlich eine schallende Ohrfeige. Meine Verabredung wirft mir ihren Autoschlüssel zu. In dessen Anhänger aus Kunstharz, bernsteingleich, eingelassen: eine ovale Fotografie Bernards als junger Mann.

KINGS & QUEENS

Samantha A. Morgan-Curtis:

Somewhere in my memory, I have the notion that there is a specific term for women who dress up to resemble or pass for transvestites like those portrayed in Priscilla, Queen of the Desert. My partner says he thinks I'm imagining things. Any help, even if it is to confirm his assessment, would be appreciated.

Regina Oboler:

My daughter, whose usual presentation is butch-to-androgynous, sometimes goes all out dressing up feminine. She and her friends say they are in drag when doing it. The word she and her friends use to describe this presentation is drag princess.

Samantha A. Morgan-Curtis:

I want to be sure that my question was clear: I'm looking for a term that describes a woman who dresses up to look like a drag queen. Most replies have suggested the term drag king which sounds good to me, but I wanted to make sure that my question was almost coherent.

Also, does anyone know of an article where this term is used? I don't have Judith Butler handy, but I was thinking maybe that was where I remembered it from. Anyone have any ideas?

Victoria Pasley:

Isn't the term cross-dresser the term you were looking for? As you suggest it opens up a whole lot of other issues of what exactly is female and male clothing and behavior. And what traits of the masculine or feminine does that person choose to appropriate and why? If a drag queen is imitating a woman then how can a woman dress up as a drag queen? Isn't she just dressing in a stereotypically feminine way?

Barry Deutsch:

Drag king isn't the right term, drag kings are women who dress in male drag. If drag queens dress like Mae West, drag kings dress like The Village People. The term you're looking for is probably faux queen.

Sheryl LeSage:

A drag queen isn't just imitating a woman. A drag queen is usually parodying a particular, exaggerated vision of femininity, one which very, very few women aspire to.

It's a conscious comment on gender, not on sex, I think. Cross-dressing is, when done in public, usually an effort to pass and therefore has to be imitative. Is the original question, what do you call a woman who is in high female drag? If so, I have no idea.

Emi Koyama:

Um, I think I'm pretty safe to say that anyone who thinks that drag queens are imitating a woman probably hasn't seen any drag shows. As RuPaul once said: Look, 6-inch heels aren't women's shoes, they are drag queens' shoes. Personally I don't have any problem calling a female who dresses like a drag queen a drag queen. Who says that drag queens have to be male?

Steve Schacht:

The emerging term drag king is a woman, often lesbian identified, who performs as a male persona. In my work on the Imperial Sovereign Court System I use the term lesbian drag queen to describe largely lesbian identified women who perform hyper-feminine images. In this work I also outline lesbian drag kings, gay drag queens, and gay drag kings, which combined with straight men and women who sometimes attended court sponsored drag shows, make up what I argue are the multiple genders of the court.

Daphne Patai:

Steve, but are these really multiple genders or merely variations, exaggerations, parodies, or fantastic versions of the basic two?

Steve Schacht:

My work in this area more deals with issues of sex, gender, and sexual identity and performance. The basic two are typically seen as innate, fixed, and binary, whereas my experiences in the court suggest an extremely fluid, almost entirely contextual basis to doing gender and sexuality. For instance, many of my hyper-feminine gay drag queen friends never don women's attire outside of the setting and can easily pass as a straight man. Many of my gay drag king friends, one of the contextual hyper-masculine personas of the court, outside of the setting often appear as your stereotypical high pitch, limp-wristed, hips-sashaying gay man. On the other hand, many of my lesbian drag king friends are decidedly and quite consistently masculine in their presentation of self inside and outside of the setting.

Sheryl LeSage:

Steve, I'm on your team, but I don't think that gender is really all that fluid. Contextual, sure. But, except for short bursts for fun or public performance, most of us

just are whatever we are. Go ahead, put me in a dress,
but you'll still think you're looking at a Marine in drag.
I couldn't walk like a girl, or sit like one, or defer like
one, if you paid my rent for the next 6 months.

J. T. Faraday:

I don't know if this is what you were trying to think of,
but Luce Irigaray might have called the practice mimesis
as in the volume This Sex Which is Not One. She fol-
lows the psychoanalyst Joan Riviere in using this term I
believe. I don't have an exact reference for Riviere's article, however. It might be referenced in Butler's Gender
Trouble.

Lisa Burke:

While I am not so sure I would agree with all of Steve
Schacht's classifications, I would certainly disagree with
Daphne's suggestion that the multiple genders are actually variations of male or female. From my point of
view, the term lesbian drag queen can have multiple read-
ings as to what precisely that is; although I recognize
Steve defined it in his post, I am pointing to the complexity presented in the combination of those three words,
plain and simple. Such complexity points precisely to
the complexity of gender itself, and supports academic
deconstruction of the dichotomous gender binary of
male or female. And as I think more about it, I think

such simple exercises such as presenting students with terms, like lesbian drag queen, and asking them to explain what they imagine that to mean, might help students to understand in new ways, through their own analysis, the complexity and richness of the work we do. The exercise might also help to raise the issue of appropriation of labels to groups, specifically to those of which we may not find ourselves a part. There is a complex dynamism between social constructions, such as gender and identity, as is demonstrated both in the dichotomous binary of male / female and in the process of naming groups.

Sue McPherson:

Having students think about drag queens is one way of getting them to understand how gender works. But one of Judith Butler's aims, in Gender Trouble, was to have bodies that have been made invisible, or that have been regarded as unreal or not legitimate, put into the public eye in a way that undoes this neglect. She may have been thinking about gays and lesbians here, but I don't know if she would have meant drag queens, as she would consider them phantasmatic. Perhaps this difference between gays and lesbians, on the one hand, and drag queens or kings, on the other, could be worthy of note here. Gays and lesbians are real people with real sexual desires and a self-identity. Drag queens, on the job, are in a different kind of world, just pretending. It's interesting to look at Marilyn Monroe, who is a favorite gay icon, and consider how much of her performance was pretending and how much was real and then think about one's own performance.

Lisa Burke:

Sue McPherson may have a point that having students consider drag performance might facilitate a considera-tion and understanding of gender among our students, but such an example to students requires vigilance since drag is not only about a performance of a gender, whether it be male or female, but is frequently interre-lated, though not defined by, other social and cultural factors. In other words, yes, for some drag kings / queens, drag performance is about making a living through providing entertainment, but for others, their drag performance is part of the gender performance, how they identify and self-represent, and for some, it is even about their sexuality. Whether or not Butler ap-propriately applies here, I think that the bodies of drag queens / kings have not always been fully understood nor properly theorized. Despite the growing bodies of work on drag, there still is room for much more, espe-cially with the voices of drag queens / kings themselves. So, as with any topic we introduce to our students and any examples we use, we must be careful to demonstrate the depth and richness of drag and not, even inadvert-ently, represent drag as flat and one-dimensional, easily encapsulated in a quick analysis. McPherson's assess-ment of gays and lesbians as real and drag as pretend is

inaccurate and does not at all resonate with my inter-
actions with and knowledge of drag queens / kings. Not
to confuse drag with cross-dressing, it is important to
note that for some drag performers, their drag gender
is their public representation of their own gender, so
the line gets blurred between drag and cross-dressing,
or between gender and sexuality perhaps.

Jennifer L. Rexroat:

I agree wholeheartedly with the excerpt from Lisa Burke's
post. The drag queens I know personally absolutely
identify as feminine, even though they are not transgen-
dered. Some drag queens have had breast augmentation,
though the drag clubs here in Chicago often, to my
knowledge, require that performers have not had a complete sex change operation as a condition of employ-
ment. I think that our students need to know that drag
performance is not merely pretend, because it is a very
real identity for many of the performers who practice it.
I wonder if this issue of drag performance runs along
a continuum, from more masculine-identified to more
feminine-identified, and if various drag performers
might place themselves at various points along this spec-
trum, if asked.

Steve Schacht:

In hopes of not taking up too much list space, I will respond to what I see some of the key issues found in recent posts from Lisa, Sheryl, and Sue. To best accomplish this, I think a little information about the Imperial Sovereign Court System is necessary. The ISCS was founded in 1965 by José Sarria in San Francisco and, thus, can be considered one of the first Lesbian, Gay, Bisexual & Transgender groups in the U.S. The ISCS is a charitable voluntary organization that through drag shows raises monies for people in need in both gay and straight communities. Like many middle-class groups, there are many titles and statuses in the group. For the ISCS these titles / statuses are empress, emperor, prince, princess, and many other lesser titles that are often gendered. While there are no rules over who can hold which titles, gay men typically hold the feminine titles, an equal number of gay men and lesbian women hold the masculine titles, and a handful of lesbian women hold feminine titles. With all the hi brow pomp and circumstance of these regal titles, individuals very much perform the statuses they aspire for, are elected and appointed to, with the gay drag queens largely ruling the entire realm. Those most successfully performing their gendered roles typically are rewarded with the titles they seek. Like the variability found in the general population, some members of the court have very fixed gendered presentations of self, especially the lesbian drag kings, while yet others are quite fluid, especially the gay drag queens. Nevertheless, during a yearly event called

Turnabout, all court members perform their gendered opposite. Thus, although I was a male persona in the setting, I did drag during this event and learned much about where many hyper-feminine mannerisms come from, for example, my high heels made my rear and chest protrude at the same time. Another lesbian drag queen, who both in and out of the context looks like a cocky 18 year old athlete, who is also a 40 something grandmother, appeared as a quite attractive drag queen. Keeping with the competitive theme of the court, drag titles of Turnabout King and Queen are conferred upon those who best perform their contextual gendered opposite. In more general terms, I believe most individuals' gender is far more fluid than they would like to admit or are even conscious of. People undertake very different gender performances with their boss, mother, partner, sibling, friend, et cetera all in perhaps a given day. Over my lifetime, I know my performances of gender have certainly changed, thankfully for the better. Students and friends over the years have often asked me if I wanted to be a woman, Black, poor, et cetera. To paraphrase my longer response, since present conceptions of being male / female, gay / straight, et cetera are all based on identities and performances of dominance, subordination, and inequality, I seek to reject them all and replace them with a non-oppressive personal identity and ways of being in the world. For me, the identities of feminist and queer seem to be the most helpful in pursuing life to this end.

Sue McPherson:

Lisa, when I referred to drag queens pretending, I was
thinking of drag shows, which are a way, superficially at
least, of enabling students to see how gender can be con-
structed. But of course there is a human being behind
the masquerade, which is a lot more complex. Getting to
know them apart from their act can be a very different
kind of experience, even sometimes seeing their person-
ality change, and their body movement, along with their
dress. And the change they go through when they go
into drag is not just about gender, it can be very, very
sexual for example from being a meek accountant to
Marilyn Monroe. And what we wear, not as drag queen
performers, but perhaps in our jobs, a public representation, affects the way we think about ourselves, too, and
the ways others see us. Judith Butler uses the term per-
formativity to mean doing gender intentionally, as part
of an act, or unintentionally, which is what most of us
do in our daily lives. But now you and I are talking
about the same thing. I'm sure it must be things like drag
shows and gay and lesbian studies that are responsible
for bringing these issues to public attention, but gender
is something we all do, whether we are aware of it or
not. And I don't know if it can be understood apart
from sexuality. Heterosexuals have been able to take a
lot of this sort of thing for granted.

Steve Schacht:

Jennifer, I am guessing you are talking about the performers at the Baton and the contestants at the yearly Miss Continental Pageant. The performers at the Baton are very different from the gay drag queens of the court, camp queens, and professional drag queens, radical fairies, et cetera. The expressed identity of well-known Baton performers, such as Mimi Marks and Monica Monroe is, we are men, yet they can also be considered preoperative transsexuals with their breast implants and usage of female hormones, and pass as real women in settings outside of the Baton. As you note, some of this is due to pageant rules, but I think it is even more so about a uniquely expressed sex / gender / sexual identity / performance of their own creation. Most Baton performers desire to date only straight men, a desirable commodity in many gay men's eyes, yet they perform in front of a largely straight female audience as stated female illusionists which they make a reported five figure income from. In this sense, I don't believe their identity is so much on a continuum, but is rather a mixture of factors, some quite contradictory, that results in a very unique, sincere, and serious sense of self.

GAY PAREE

Brassaï, unter dem ungarischen Namen Gyula Halász geboren im siebenbürgischen Kronstadt, rumänisch Braşov, wovon er sein Pseudonym phonetisch ableitete, dessen Lebensweg von Österreich-Ungarn über Deutschland nach Frankreich führte, in den frühen 1930er Jahren, auf seinen nokturnen fotografischen Streifzügen durch das sogenannte Geheime Paris, augenblicklich im Le Monocle, einer, wie er sich, heteronormiert, ausdrückt, ausschließlich dem Schönen Geschlecht gewidmeten Bar, in welcher sämtliche Frauen, die Wirtin, sie hört auf den Namen Lulu de Montparnasse, die andernorts leichtbekleideten Bar- und Animiermädchen, die Kellnerinnen, selbst die Garderobiere, Männerkleider tragen.

Hier hatte ein Orkan der Männlichkeit gewütet, wird der Fotograf festhalten, und dieser Wirbelsturm habe sämtliche Trümpfe und Listen weiblicher Verführungskunst, Tand, Flitterwerk, Schmuck, Zierat und Farbenfreude, weggefegt. Zurück blieben traurige Garçonnes, Pfadfinderführerinnen und Dragoner. Diese Frauen trugen, offenbar von dem unerfüllbaren Wunsch gepeinigt, sich in Männer zu verwandeln, die tristeste aller Uniformen, den schwarzen Smoking, als ob sie um ihre mangelnde Männlichkeit trauerten, notiert Brassaï. Auch ihre duftenden, gelockten und gekräuselten Haare seien,

folgerichtig, auf dem Altar des Kultes der Sappho ge-
opfert worden. Stammgäste des Monocle frisierten sich
nach der Art des Titus oder der Jeanne d'Arc. Als ich
diese Frauen den Langsamen Walzer tanzen sah, die eine
eng an die andere gepreßt, so daß sich ihre Brüste be-
rührten, wurde ich, schreibt Brassaï, unwillkürlich an
Marcel Proust und dessen Eifersucht, dessen krankhafte
Neugier auf die ungewöhnlichen Freuden in Gomorra
erinnert. Daß Albertine den Erzähler mit einer Frau be-
trog, quälte ihn sehr viel weniger als die Art und Weise
der somit genossenen Freuden. Proust wurmt: Was
können die wohl fühlen?

1932 schießt Brassaï aber auch zahlreiche Fotos, auf denen lesbische Liebespaare im subkulturellen Nachtle-
ben von Paris auszumachen sind, die geschlechtlich ent-
gegengesetzt gekleidet sind, darunter ein besonders berühmt gewordenes aus dem Monocle, welches ein
Pärchen abbildet, bei dem eine der beiden Frauen, jene,
die sich an die andere schmiegt, ein sommerlich freizü-
gig geschnittenes Abendkleid trägt. Die andere dafür im
für die Szene verbindlichen Anzug, mit Krawatte, po-
madisierte Männerfrisur. Sie war ein Champion im Ge-
wichtheben und hatte sich beide Brüste operativ entfernen lassen. Als die Deutschen das süße Frankreich mit
ihrem Blitzkrieg überfielen, nach Paris kamen und vier
bittere Jahre lang als Besatzer blieben, kollaborierte sie
mit der Gestapo und folterte für die Nazis politische
Gefangene weiblichen Geschlechts. 1944 wurde sie von
der Résistance hingerichtet. Gay Paree, Queer History:
Das von der Wehrmacht niedergeworfene Paris zugleich

als jener Ort, in dessen wenigen verbliebenen, nicht selten unterirdischen Freiräumen die ersten Diskotheken
der Geschichte entstanden.

Brassaï, 1933 auf einem Ball für schwule Männer im Ma-
gic City. In seinem Buch Das Geheime Paris wird er die
Szene wie folgt festhalten: All die Alberts und Stefans,
die sich an diesem Abend in Albertinen und Stefanies
verwandelt hatten, sie trafen in Gruppen ein, nachdem
sie zuvor sämtliche Arsenale des Schönen Geschlechts
geplündert und der Roben, Unterwäsche, Hüte, Pe-
rücken, Juwelen, Kolliers, Wässerchen, Salben und Par-
fums beraubt hatten. Doch auch in diesem Ambiente
fertigte Brassaï Fotografien von Paaren an, bei denen lediglich einer der beiden Männer die Frau verkörperte.
Diese Albertines und Stefanies trugen Blumen aus Mus-
selin, Girlanden, Federn und Flitter, schreibt Brassaï, sie
stammten größtenteils aus der Welt der Mode sowie des
Schmucks und waren ihr Leben lang als Pelzhändler,
Friseure, Modisten und Stilisten damit beschäftigt, ausgerechnet die Frauen, mit denen sie selbst nichts anzu-
fangen wußten, zu schmücken und zu vergöttlichen, sie
für ihre Liebhaber aufreizend und verführerisch auszu-
staffieren. Diese Menschen hier und jetzt abzulichten,
ihr Bild abzunehmen, wie die Alten sagten, hieße wirklich nicht, ihnen zu nahe zu treten, dachte Brassaï, der
nicht das Reale suchte, sondern den Ausdruck des Rea-
len, nicht das Authentische, sondern die Inszenierung
der Authentizität, und bedeutete seinem Assistenten,
den reflektierenden Schirm aufzuspannen.

Selber Zeitraum, selbe Stadt, selbes Buch, hoch oben auf
dem Hügel Sainte-Geneviève, hinter dem Panthéon und
gegenüber der Ecole Polytechnique, auf dem schrägen
Bal de la Montagne Sainte-Geneviève. Wann immer die
Musik schwieg, bemerkte Brassaï nichts Außergewöhn-
liches, denn es saßen überall Männer und Frauen herum.
Sobald aber das Orchester einen Walzer oder einen Java
zu spielen begann, sprang dem Fotografen die homosoziale Doppelbödigkeit der Szene ins Auge: Es tanzten
immer zwei Frauen oder zwei Männer miteinander, nie-
mals ein Mann und eine Frau.

Brassaï rückte sein Stativ in Position, der Assistent
spannte seinen Schirm auf und hob die Pfanne mit dem
Magnesiumpulver in die Höhe. Die Tanzenden wurden
durch diese Gesten für kurze Zeit aus ihrer Inszenierung gerissen. Erst als alle Anwesenden erneut in den
expressiven Formenkanon ihrer möglichst exakt per-
formten, artifiziellen, nicht unbedingt lediglich prä-
tendierten Persönlichkeiten zurückgefunden hatten,
drückte Brassaï, der Interesse am verborgenen Paris
hatte, jedoch, was dessen Protagonisten betraf, nur an
den offenbarten ihrer Geheimnisse, auf den Auslöser
seiner Voigtländer-Kamera, setzte sein geduldiger Assistent das Magnesium in Brand und brachte es zur glei-
ßenden, die fokussierte Szenerie blitzartig erhellenden
Explosion.

Daher Picassos Spitzname für Brassaï: Der Terrorist.
Als er, der sich nie für das Metier der Nachrichtenfoto-
grafie erwärmt hatte, die Befreiung der Stadt Paris am

25. August 1944 gegen 6 Uhr morgens durch einen Fen-
sterspalt seines Badezimmers in seinem Objektiv fi-
xierte, wurde er unten, von der Kreuzung Boulevard
Saint-Jacques und Rue du Faubourg-Saint-Jacques aus,
für einen Heckenschützen gehalten und momentan unter alliiertes Feuer genommen. Brassaï blieb unverletzt,
doch eine Kugel durchschlug seinen Badezimmerspie-
gel.

MISTER GAY

*If Art is the Catholicism of the Intellect,
Drag is the Catholicism of Gayness.*

beyoncegspot.com

Riki liebt Country & Western Music. Schon als kleiner
Junge war sie von ihrem Onkel Bubba an Freitagaben-
den in Cockram's General Store, 206 Locust Street, mit-
genommen worden, wiederholt hat sie dort die kleine
Bühne zwischen den Gummistiefel, Wollsocken, Fut-
termittel, Mausefallen offerierenden Verkaufsregalen
erklommen, bevor sich ihr ach so charakteristischer
Adamsapfel herausbildete, vor ihrem Stimmbruch die
alten Kirchenlieder im Knabensopran geträllert und damit die Einwohner von Floyd, Virginia, entzückt. Später, als sie nach Roanoke gezogen war, mischte sich Riki
in Cockram's Store nur mehr unter die Tanzenden, ließ
ihre weiten Röcke wirbeln und hörte nicht mehr auf Richard und schon gar nicht mehr auf Dick. Die brand-
neuen Hipster Jeans, die sie an dem heutigen, herbst-
lichen Nachmittag trägt, sitzen im Schritt auf riskante
Weise eng; ich kann meinen Blick kaum von ihnen lassen. Zum Glück befinden wir uns nicht in der Öffentlichkeit, denke ich. Mein Arzt eröffnete mir, durch allzu
enge Hosen könnte ich meine Zeugungsfähigkeit einbüßen. Also ich, für meinen Teil, trage kaum noch enge
Hosen.

Riki hat mir soeben auf dem von ihrem Onkel Bubba
vererbten, portablen Plattenspieler fünf Songs von Jeannie C. Riley aus den Jahren 1968 und '69 vorgespielt, die
sie, wie sie es ausdrückt, irgendwie feministisch findet:
I'm Only a Woman, He Made a Woman Out of Me, I'm
The Woman, A Real Woman und To the Other Woman,
mit der signifikanten Zeile: To the other woman I'm the
other woman, but the other woman is his wife. Die Hül-
len dieser Schallplatten auf Plantation Records sehen
absolut fantastisch aus: Jeannie C. Riley, als junge Ehefrau und Mutter, zugleich logisch als die verführerische
Frau von nebenan, in sehr aufreizenden Minikleidern
und hohen Lackstiefeln in Schwarz, Silber und Rot mit
Reißverschlüssen und langen, engen Schäften, wie sie
heute wieder modern sind. Jeannie C. könnte direkt aus
dem Swinging London nach Nashville herübergeweht
sein, finden wir.

Riki liest mir das Programm der im November noch an-
stehenden Friday Night Jamborees vor. Wir könnten
uns nächsten Freitag die Goose Gap Loafers ansehen,
schlägt sie vor, und eine Woche darauf The Barbershop
Grass mit Katie & the Bubbatones, und am 25. sogar die
Bluegrass Travelers, mit denen einst, als ich noch, wie
Riki es umschreibt, am Rockzipfel meiner Mutter hing,
alles anfing. Bitte, bettelt sie, viermal schon sind wir
nicht mehr nach Floyd gefahren. Riki würde am liebsten
jeden Freitag hinfahren, doch sie besitzt kein Auto. Und
ich weiß nie, was ich anziehen soll.

Über Rikis Bildschirm flimmert jetzt eine Dia-Show mit einerseits Taylor Made, der uns bestens bekannten amtierenden Miss Gay Roanoke, andererseits Monte St. James, dem amtierenden Mister Gay USA, den Riki gern einmal kennenlernen würde. Er ist, in salutierender Haltung, mit zahlreichen, prunkvollen Ehrenabzeichen behängt, in eine steife militärische Uniform gewandet, Riki glaubt, in eine Fantasieuniform, wie sie sie oben in Harlem, in afrikanisch-amerikanischen Realness Competitions, gesehen haben will. Hatte aber nicht auch der deutsche Nazi Hermann Göring mit Vorliebe Fantasieuniformen an, geradezu operettenhafte? Riki stimmt mir zu, mutmaßt: Ist nicht jedwede Uniform die Ausgeburt dunkler, irgendwie sexueller Fantasien?

Die Dia-Show auf ihrem Computer bietet noch weitere Portraits von Monte St. James: Einmal ist er in eine Art chinesisches Kleid gewickelt, rotglänzend, tief dekolletiert, oben jedoch, am Schlüsselbein, wieder geschlossen, kreisförmiger Ausschnitt, maskuline Brust, einmal trägt er, den Oberkörper entblößt, nichts als eine Goldmedaille um seinen Hals, und einmal liegt er, absolut damenhaft, in einer Badewanne. Ich finde vor allem die Einrichtung des Badezimmers, die Mister Gay umgebenden Accessoires, extrem damenhaft, aber wir sind uns gar nicht sicher, ob dieses Foto überhaupt in seinem eigenen Bad geschossen wurde. Riki würde das allzugern einmal vor Ort persönlich überprüfen. Riki, die ihren ersten Übungsfilm über Taylor Made, geschminkt und ungeschminkt, drehte. Die in den 1990er Jahren an Roanokes Hollins University bei der deutschen Filme-

macherin Doris Dörrie studierte. Männer als Dörries
bekanntester Spielfilm. Mit einem Fingerdruck auf ihre
Maus bringt Riki den lasziven Monte St. James zum
Verschwinden und ruft unsere Materialien zum Backstreet Café auf.

Anna Sparks und ihre Gefährtin Sue Stroud, beides pas-
sionierte Pool-Spielerinnen, waren am 22. September
ins Backstreet Café gegangen, um in Annas siebenund-
dreißigsten Geburtstag hineinzufeiern. Ein jedes Mal,
wenn Riki und ich über unserem Exposé brüten, es zum
Treatment ausbauen, die einzelnen Handlungsabläufe
fokussieren, muß ich mich zunächst einmal in diese uns
eigentlich ja bestens vertraute Szenerie versetzen: Wenn
du den Club betrittst, ist linker Hand der lange Tresen,
der sich bis ganz nach hinten, bis zum Küchenbereich,
erstreckt. Vor dem Tresen eine Reihe Barhocker, auf hal-
ber Strecke ein Durchschlupf für das Personal. Gleich
neben dieser Öffnung auf dem Tresen steht das Video-
Pokerspiel, daneben ein Telefonapparat. Es gibt über
den Raum verteilt, glauben wir, drei Telefone. Rechter
Hand, wenn du hereinkommst, findest du gleich am
Fenster den Zigarettenautomaten. Davor sind zwei Tische zusammengeschoben worden; hier können sechs
bis acht Leute Platz nehmen, hier hat wohl auch Ronald
Edward Gay an jenem Tag Platz genommen. Entlang
der rechten Wand drei oder vier offene Boxen mit je einem Tisch. Am Ende dieser Boxen, zur Mitte des Raums
hin, der Billardtisch. Dahinter die Musikbox. An der
Wand eine Dart-Zielscheibe. Rechts davon der öffentliche Münzfernsprecher.

Ungefähr um sieben treffen Anna und Sue, die noch ihre
Freundin Judy mitgebracht haben, im Backstreet Café
ein. Sie erwischen ihre Lieblingsbox, direkt vor dem Billardtisch. Eine gute Stunde später ist das Lokal, glaubt
Anna, mit dreißig bis fünfzig Leuten gut gefüllt. Anna
und Sue spielen einige Partien Pool, als Partner, gegen
andere Partner. Wieder in der Box, setzen sich Wanda
und Charlotte zu den beiden, Wanda und Anna mit ihren Rücken zur Eingangstür, wie wir rekonstruiert haben. Wir kennen die meisten der Beteiligten persönlich,
waren aber an dem Abend des Geschehens vor fünf Jahren nicht zugegen; wir waren in Floyd, beim wöchent-
lichen Friday Night Jamboree in Cockram's General
Store.

Dann ist Charlotte mit dem Pool-Spielen dran und verläßt den Tisch. In der benachbarten Box macht Sue eine
neue Person aus. Das ist selten in einem Club, dessen
Gäste in aller Regel Stammgäste sind. Sue geht hinüber,
um die Neue, die Judy gegenübersitzt, kennenzulernen;
Sue jetzt mit dem Gesicht zur Eingangstür, meint Riki.
Keine zehn Minuten vor Mitternacht, vor ihrem Geburtstag, hört Anna es gewaltig krachen, denkt zunächst
an platzende Luftballons oder Knallfrösche, hört dann
aber auch jemanden schreien. Impulsiv erhebt sie sich
aus ihrer Box, wendet sich in Richtung des Eingangs
und blickt direkt in das Mündungsfeuer von Ronald
Edward Gay.

Anna sieht, wie Leute zu Boden gehen, sie erkennt, wie
ihre Gefährtin Sue in der Nachbarbox in Deckung geht.

Paralysiert sieht sie dem Schützen ins Gesicht. Der trägt einen dunklen Trenchcoat, hört auf zu schießen, läßt seine Waffe sinken, dreht sich in aller Ruhe zur Eingangstür und geht hinaus. Jemand ruft, jemand solle den Notruf anrufen. Da löst sich Anna von der Box, steigt über drei weibliche Körper, die vor ihr auf dem Fußboden liegen, hinweg, eilt zum Tresen und wählt auf dem neben dem Video-Pokerspiel stehenden Telefon die Nummer 911. Überall liegen Leute herum, überall ist Blut.

Die Stimme am anderen Ende der Leitung stellt Fragen, aber Anna ist momentan nicht in der Lage, die Verletzten, womöglich Toten, zu zählen. Sue, die sich in ihre Box geduckt hatte, steht jetzt wieder aufrecht. Hinter der Box, in der Anna mit ihren Freundinnen gesessen hatte, liegt Joel Tucker am Boden. Nachdem Gay das Feuer eröffnet hatte, war Tucker von seinem Platz aufgesprungen, hatte Charlotte aus der Schußlinie gerissen und, wohl hinter dem Billardtisch, glauben wir, zu Boden gedrückt, dabei aber selbst einen Steckschuß in den Rücken abbekommen. Wäre ich nicht aufgesprungen, hätte mir der Kerl wahrscheinlich in den Kopf geschossen, wird er später rekapitulieren. Die Kugel in seinem Rücken konnte, weil sie so nah an seiner Wirbelsäule saß, nicht herausoperiert werden. Nach unseren Erkenntnissen ist Joel hetero; nach allem, was wir hören, ist er mit seiner Geliebten und einem weiteren Pärchen ins Backstreet Cafe gekommen.

Anna erkennt, daß weiter vorn auch John Collins auf
dem Fußboden liegt und schwer verletzt aus seinem
Unterleib blutet. Dann schreit jemand, jemand solle die
Tür verbarrikadieren, der Täter könne ja zurückkommen. Jemand verriegelt die Eingangstür. Anna geht
abermals zum Telefon und wählt abermals 911 und
blickt dabei vorsichtig durch die Jalousien nach draußen: Keinerlei Anzeichen von Ronald Gay; zu diesem
Zeitpunkt weiß ohnehin noch niemand, daß der Täter
Gay heißt. Anna sieht mehrere Polizeiautos vorbeifahren und wird daraufhin ungehalten, möglicherweise
ausfallend, am Telefon.

Alan Blankenship, der Manager des Lokals, macht das
Licht an; Riki und ich konnten bis heute nicht herausbe-
kommen, wodurch es vorher ausgegangen war. Wer es
wann gelöscht hatte und warum. Womöglich handelt es
sich um sogenanntes Arbeitslicht, meint Riki, unbarm-
herzig helles, das nur zum Aufräumen eingeschaltet
wird. Zwei, drei Minuten nach Annas zweitem Anruf
trifft die Polizei im Backstreet Café ein; plötzlich ist
überall Polizei. In dem Gedrängel stößt Anna mit Kathy
Caldwell zusammen. Kathy bittet Anna, ihr aus dem
Lokal hinauszuhelfen. Sie müssen um John Collins her-
umgehen, der noch immer stark blutend und bei vollem
Bewußtsein im Weg liegt. Schon beinahe an der Tür,
sieht Anna Danny Lee Overstreet in der Ecke vor dem
Zigarettenautomaten liegen.

Als die beiden draußen sind, erklärt Kathy Anna, daß
sie drinnen wohl einen ihrer Finger verloren hat. Anna

geht zurück ins Backstreet Café und sucht nach Kathys
Finger. Sie beobachtet, wie sich Judy über John Collins
beugt, Papiertücher auf seinen blutenden Leib drückt.
Andere haben ihre Pullover ausgezogen und versuchen
diese als Verbandmaterial zu verwenden. Anna bittet
Sue, mit ihr nach Kathys Finger zu suchen, läuft aber
schnell noch einmal nach draußen, um zu sehen, wie es
Kathy inzwischen geht. Kathy sagt, sie benötigt dringend etwas, um das Blut zu stillen. Also rennt Anna
wieder nach drinnen und besorgt, hilflose Geste, wir
wissen gar nicht, ob wir das ins Drehbuch übernehmen
sollten, zerstoßenes Eis.

Drinnen wird Anna von der Polizei angehalten. Sie
schildert den Ordnungskräften, wie sie dem Schützen
direkt in die Augen geblickt hat. Als Anna auch etwas
zu Sue sagen will, hindern sie die Polizisten daran; sie
wollen nicht, daß diese Zeugin jetzt noch mit irgend je-
mandem spricht. Sie verfrachten Anna auf die Rückbank ihres Streifenwagens. Sie haben Ronald Gay bereits, wenige Häuserblocks entfernt, in der First Street
festgenommen. Gemeinsam fahren sie dorthin, und
Anna identifiziert den dingfest gemachten Täter auf der
Rückbank eines anderen Streifenwagens. Abermals treffen sich ihre Blicke, steht in unserem Treatment, ich
habe aber auch gehört, Gay hätte geradeaus, ins Nichts
gestarrt. Der Schütze macht jedenfalls einen gespensti-
schen Eindruck auf sein Gegenüber. Er unternimmt keinerlei Anstalten, sein Gesicht zu verbergen. Er wirkt geradezu stolz auf seine Tat, im Sinne von: Ich würde es
wieder tun.

Die Polizisten fahren mit Anna zum Backstreet Café zurück, aber Anna soll draußenbleiben, darf mit niemandem reden. Es regnet, plötzlich ist es Herbst, das Geburtstagskind fröstelt. In Klammern: Hat inzwischen längst Geburtstag. Dann kommen die Ermittler wieder heraus und fordern Anna auf, mit auf die Wache zu kommen, um dort ihre Aussagen zu Protokoll zu geben. Sie darf sich nicht einmal von Sue verabschieden. Ein Polizist geht wieder nach drinnen, um Sue, deren Äußeres Anna ihm geschildert hat, darüber zu informieren, daß sie Anna mitnehmen würden. Anna setzt sich hin, wahrscheinlich auf den Bordstein, steht wieder auf, setzt sich wieder hin, verliert beinahe ihre Nerven. Der Polizist kehrt zurück, hat Sue nicht gefunden. Anna gerät jetzt wirklich außer sich, ist extrem unruhig, springt andauernd auf, setzt sich wieder, springt wieder auf. Die Polizei befiehlt ihr, sitzen zu bleiben. Dann fahren sie zur Revierwache, wo weitere Zeugen versammelt sind, darunter auch Sue und Judy sowie eine weitere Freundin namens Cynthia, die gar nicht in Roanoke lebt und den Täter zufällig, als er den Club mit noch immer gezückter Waffe verließ, im Vorbeifahren gesichtet hat. Sie hatte eine Bekannte an Bord, und die beiden folgten Ronald Gay nun mit ihrem Auto, sehr mutig, im Schrittempo die Salem Avenue hinunter, beobachteten, wie er seine Waffe sowie seinen Trenchcoat in eine Mülltonne warf und in Richtung First Street weiterging. Cynthia und ihre Freundin hatten ein mobiles Telefon dabei.

Anna und Sue werden in verschiedenen Räumen ver-
hört, bekommen jetzt auch Getränke und Kekse ange-
boten. Wegen eines gerade vollzogenen Schichtwechsels
ist leider kein Kaffee zu haben; rauchen darf Anna ebenfalls nicht. Ungefähr zeitgleich werden Anna und Sue
wieder entlassen; zusammen auch mit Eugene Flowers.
Speichern unter Anna Sparks, Anna Sparks schließen,
Eugene Flowers öffnen. Ich übernehme den Platz an der
Tastatur.

Eugene kommt sowohl mit seinen homosexuellen als
auch heterosexuellen Freunden ins Backstreet Café; er
ist ebenfalls leidenschaftlicher Billard-Spieler. An dem
bewußten Abend ist er allein unterwegs und setzt sich
gegen 22 Uhr gleich vorn an den Kopf der beiden zusammengeschobenen Tische. Acht bis zehn Leute könnten dort Platz nehmen. Kurz nach Eugene kommt
Danny Lee Overstreet in den Club und setzt sich rechter Hand neben ihn. John Collins gesellt sich ebenfalls
dazu. Später fällt Eugene ein weißbärtiger, grauhaariger
Mann mittleren Alters im schwarzen Trenchcoat ins
Auge, der soeben das Lokal betritt. Es ist gar nicht klar,
warum Ronald Gay ausgerechnet das Backstreet Café
für die Umsetzung seines mörderischen Plans ausge-
wählt hat. Angeblich wollte er ursprünglich in die Salem
Avenue, ins Park, ein Tip, den ihm ein ahnungsloser An-
gestellter des Corned Beef & Co. gegeben hat. Das Park
ist eher etwas zum Tanzen; Riki will da fast jeden
Samstag hin.

Wahrscheinlich kam Gay auf seinem Fußweg vom
Corned Beef & Co. Richtung Park zufällig am Backstreet Café, das auf der Strecke liegt, vorbei. Geht aber
eben nicht vorbei, sondern hinein. Nachdem er den
Club betreten hat, fragt Ronald Gay zunächst höflich,
ob es in Ordnung wäre, wenn er sich hier ein Bier
genehmige. Riki: Als ob er um Aufnahme in unseren
Kreis Gleichgesinnter gebeten hätte. Wenngleich ja stets
auch Heteros, selbst heterosexuelle Paare, zugegen sind.
Logisch in Ordnung, wird ihm seitens der Anwesenden
bescheinigt; Gay ist hier ja ein gänzlich neues Gesicht.
Er nimmt sein Bier vom Tresen und nähert sich dann
jenem Tisch, an dem Eugene, Danny und John sitzen.
Total unheimlich, sagt Riki, weil wir ja wissen, was nun
geschieht. Total unheimlicher Moment, gebe ich ihr
recht, auch noch beim mindestens zehnten Mal, daß wir
diesen Ordner geöffnet haben. Daß wir diese fatale
Geschichte überarbeiten.

Der Fremde fragt Eugene und seine Freunde, ob es in
Ordnung wäre, wenn er sich an ihren Tisch setzte. Eugene sagt: Logisch in Ordnung. Und also setzt sich Ronald Gay linker Hand neben Eugene. Er dreht seinen
Stuhl dabei etwas zur Seite, so daß er das Geschehen um
den Billardtisch im Auge hat. Und sagt kein einziges
weiteres Wort. Irgendwie geht John jetzt zwischen Eugene und Danny in die Hocke und wird von dem sit-
zenden Danny geherzt. Riki glaubt, daß wir hier etwas
durcheinandergebracht haben: Es sei doch Danny gewesen, der von John geherzt wurde. Warum sollten wir
nicht einfach festhalten, daß sich die beiden gegenseitig

herzten? Jedenfalls richtet sich John wieder auf, und augenblicklich erhebt sich auch der schweigsame Fremde von seinem Stuhl und zieht aus der linken Innentasche seines Trenchcoats einen metallisch aufblitzenden Gegenstand, den wir hier, im Hinblick auf die angestrebte Verfilmung unseres einzureichenden Treatments, gleich mit seinem korrekten fachlichen Terminus benennen sollten, meint Riki: Damit nicht so eine künstliche Spannung aufkommt, die unseren hehren Stoff der stets niederen Funktionalität ausgedachter Erzählungen unterordnete. Wir sollten unsere politischen Interessen nicht leichtfertig unter fragwürdigen Spannungsbögen verbergen, flachst Riki. Aber das hier ist doch noch nicht einmal ausgedruckt, noch nicht einmal Papier. Dann würde ich an dieser Stelle auch gleich das Adjektiv schweigsam wegnehmen, schlage ich vor.

Stets ganz besonders problematisch: die ersten Entwürfe zu den Dialogen. Immer wieder rutschen wir mit unserem Treatment, der evolutionären Vorstufe zu dem endlich auf alles Performative reduzierten Drehbuch, dessen amtliche Förderung wir erhoffen, in undurchdachtes Geschnatter ab. Typisch Frau, seufzt Riki gespielt, warum haben wir uns das nur angewöhnt? In Klammern: Warum haben wir uns nicht nur die intelligenten Seiten des Fraulichen angeeignet? Letzten Endes zielen wir logisch durchaus auf Wirkung, stellen wir fest, letzten Endes arrangieren wir das objektive Geschehen, selbstverständlich, im Dienst unserer politischen Interessen.

Ronald Edward Gay tritt etwa zwei Schritte zurück und feuert dann quer über den Tisch, trifft zunächst Danny unmittelbar neben seinem Herzen in die Brust, Eugene kann ganz deutlich das Loch in seinem Hemd, in seinem Fleisch, erkennen. Danach zielt der Attentäter mit seiner Ruger-9-Millimeter-Pistole unmittelbar auf John, und Eugene läßt sich zu Boden fallen, oder er fällt zu Boden, das müssen wir jetzt noch nicht so genau festlegen, jedenfalls kommt er hinter dem Schützen, der jetzt auf alles schießt, was sich in seinem Sichtfeld bewegt, sei es auch nur, daß jemand die Hände hebt oder sich duckt, zu liegen. Gay hört aber dann doch wieder auf mit dem Schießen und geht in aller Ruhe zur Tür und geht ruhig durch die Tür, und geht auch draußen auf der Straße ganz ruhig weiter, als ob nichts geschehen wäre. Angeblich sagt John jetzt etwas wie: Ich kann gar nicht glauben, was soeben passiert ist.

Eugene nimmt sich zusammen, schleicht zur Tür und schaut dem Attentäter die Salem Avenue, Richtung Market Square, hinterher. Jemand ruft, jemand solle die Tür schließen. Alan, von dem wir für unser Script endlich herausfinden müssen, ob er sich Alan oder Allen schreibt, kommt hinter der Bar hervor und schließt die Tür von innen ab. Eugene sagt zu Alan: Ich muß jetzt nicht unbedingt hier drinnen sein. Und bittet darum, aus dem Hintereingang hinausgelassen zu werden. Weshalb wollte Eugene beim Eintreffen der Polizei nicht im Backstreet Café gesehen werden? Weil er befürchtete, seinen Arbeitsplatz zu verlieren.

Kaum ist Eugene draußen, trifft die Polizei ein und gabelt ihn auch sogleich auf. Die Polizisten nehmen ihn mit, zurück ins Backstreet Café. Danny liegt rechts von ihnen in der Ecke, die Augen halb geschlossen, starrer Blick. Eugene denkt sofort, Danny ist gestorben. John liegt in der Mitte des Raums auf dem Boden und blutet stark aus dem Unterleib. Auch sonst liegen überall Verwundete herum. Dann wird Eugene auf den Beifahrersitz eines Streifenwagens, der auf der gegenüberliegenden Straßenseite abgestellt ist, verfrachtet. Es erscheint ihm wie eine Ewigkeit, bis die Polizisten zurückkommen und endlich mit ihm losfahren.

Sie fahren zu der Stelle, an der Ronald Gay festgenommen wurde. Eugene identifiziert ihn auf Anhieb, merkt aber an, daß er seinen Trenchcoat nicht mehr trägt. Dann nehmen die Polizisten Eugene mit zur Wache, wo er als erster Zeuge eintrifft. Als er seine Aussage gemacht hat, wird er zu seinem in der Nähe des Backstreet Café geparkten Truck gefahren. Eugene traut sich nicht nach Hause; es ist nach 1 Uhr, und sein Zimmergenosse wird längst schlafen. Er selbst wird wohl in dieser Nacht gar nicht schlafen können. Im Park trifft Eugene auf einen Freund Dannys und schildert ihm das traurige Geschehen aus dem Backstreet Café. Überblendet: wie Eugenes Name, Eugene Flowers, in der Roanoke Times erscheint.

Chris konnte wenigstens erreichen, daß nur sein Vorname in der Zeitung erwähnt wurde. In Klammern: Auch Chris fürchtet um seinen Arbeitsplatz. In seinem

Liebesleben begehrt er sowohl Männer als auch Frauen. Nach den ersten Schüssen kam ihm, wie Anna, zunächst die Assoziation von Feuerwerkskörpern in den Sinn. Er gehört zu denen, die Danny Overstreet, der an seinem Blut zu ersticken drohte, auf die Seite drehten. Danny sei, als die Polizei eintraf, bereits tot gewesen, behauptet er. Chris auch als die für uns wichtige Figur, die dem am Boden liegenden schwerverletzten John Collins die Hand hält. Die weiteren durch Schüsse stark Verwundeten: Page Webb, sehr kritisch, am Kopf, durch die linke Schläfe, Knochensplitter drangen in ihr Hirn, die Kugel trat aus ihrem Mund wieder aus und setzte sich in ihrer Lunge fest, eine zweite Kugel erwischte sie am rechten Oberschenkel, Joel Tucker, am Rücken, Susan Smith, ins rechte Bein geschossen, Kugel trat durch eine Gesäßbacke wieder aus, Linda Conyers an Arm und Hand, Kathy Caldwell nicht nur an der linken Hand, sondern auch an der rechten Schulter verletzt. Mit insgesamt acht Schüssen hat Ronald Edward Gay, Mitte fünfzig, Veteran des Vietnamkriegs, einen Menschen getötet und sechs weitere verwundet.

Die Leute aus der Jefferson Motor Lodge in der Jefferson Street, Downtown Roanoke, begreifen zunächst gar nicht, daß ein so höflicher Mann wie dieser Mister Gay zu einer solchen Tat fähig ist. Dann fällt ihnen ein, daß er bereits kurz nach seinem Einchecken am Freitagnachmittag undurchsichtig von Gewalt, Tod und Religion redete, auch andeutete, daß er nicht in das Motel zurückkehren werde; seine Zimmernachbarn sollten sich am folgenden Morgen die Frühnachrichten anse-

hen. Wie ein Selbstmörder kam der Neue den Leuten
aus der Jefferson Motor Lodge vor. Auch, daß er ihnen
dauernd Sachen anbot: Zuerst Zigaretten, dann Whiskey, seine Brille, Bargeld, schließlich seinen Zimmer-
schlüssel, erinnert sich Virgil Glover gemeinsam mit seiner Freundin Kay Lawrence. Deren Enkeltochter bekommt auf Anhieb 2 Dollars vermacht. Als ihr größerer
Enkelsohn Mister Gay einen Tisch auf seinen Balkon
hinaufträgt, erhält er dafür 5 Dollars Trinkgeld. Eine
weitere Enkeltochter nimmt dankbar ein tragbares
Transistorradio entgegen. Ihre Großmutter bekommt
eine Musikkassette mit dem Titel Crying in the Chapel
geschenkt; die solle sie sich anhören, wenn sie einmal
traurig sei. Dann läßt Mister Gay zwei große Pizzas für
Glover, Lawrence sowie deren fünf Kinder und Kindes-
kinder kommen. Einem fröstelnden Sprößling bietet er
sein Hemd an, jenes Hemd, das er am Abend, bei seiner
Festnahme, tragen wird. Der Anblick zweier berittener
Polizisten entlockt Gay die unheimliche Bemerkung:
Der Tod kommt auf einem bleichen Pferd. Gegen halb
10 Uhr duscht er, verläßt sein Zimmer und händigt Glover den Schlüssel aus. Der erinnert sich später, Mister
Gays Atem habe nach Whiskey gerochen. Der eben erst
eingezogene neue Nachbar kündigt an, er käme womöglich nicht wieder, Glover solle dann seine im Motel-
zimmer befindlichen Habseligkeiten an sich nehmen. Er
gehe jetzt einen Hamburger essen und ein Feuerwerk
angucken.

Ronald Edward Gay schätzt seinen Nachnamen nicht.
Seine geschiedene Ehefrau, Laura Ramsey, unten in Ci-

trus Springs, Florida, erzählt, daß er alle Welt immer
wieder darauf hinzuweisen versucht hätte, daß gay doch
nicht schwul meine, sondern fröhlich, ausgelassen.
Schwul sei nicht die wörtliche Bedeutung, nicht der
wahre Sinn des Wortes. Doch besaß Ausgelassenheit
nicht bereits seit vielen Jahrhunderten einen sexuellen
Beigeschmack? Im Sinne von lose? Klar, sagt Riki: Lose
Frauen, lose Männer. Ende des 19. Jahrhunderts: The
Gay Nineties. 1930er Jahre: Gay als einschlägige Vokabel für schwule und lesbische Praktiken in Zuchthäu-
sern, logisch, notgedrungen. Auch in der Pornographie
längst landläufig. Mainstream wird der Begriff spätestens 1938, als es in dem Spielfilm Bringing Up Baby an-
gesichts des in ein frauliches Negligé gekleideten Cary
Grant heißt: He's gone gay.

Schwerer Schlag für Ronald Gay, als seine Söhne ihre
Nachnamen amtlich umändern ließen. Nächstes Bild:
Der berüchtigte Brief aus der Gefängniszelle an die
Roanoke Times, in welchem sich der Gefangene als
Christian Soldier, der im Namen seines Herrn handele,
apostrophiert. Seine Missionen: Einsiedelnde Veteranen
des Vietnamkriegs aus den Wäldern heimholen, die
Korruption in der Regierung bekämpfen, den Kommu-
nismus stoppen, Homosexuelle erschießen. Gays an-
gefügte Kritik der Roanoke Times-Serie Living Gay:
Darin seien sämtliche dunklen Seiten ausgespart. Er
wäre jetzt zwar weg, doch andere würden sein Werk
fortsetzen und die Treffpunkte der sexuellen Dissidenten so lange terrorisieren, bis sie sich in ihre Stadt zu-
rückzögen. Ihre Stadt: San Francisco.

Eventuell einzublenden: Selbst der römisch-katholische
Papst spricht dieser Tage nicht mehr von einer homosexuellen Subkultur, sondern von schwuler Kultur: Er
nennt sie, auf Italienisch, cultura gay. Katholische Priester sollten diese nicht aktiv, auf keinen Fall aktivistisch
unterstützen. Sie sollten auch ihre eigene schwule Ver-
anlagung nicht ausagieren, sondern enthaltsam leben
wie die von heterosexuellem Begehren geprüften Geist-
lichen auch. Prädestiniert durch meine südtexanisch-ka-
tholische Erziehung, meine von Riki belächelten Heili-
genbildchen und Kerzen, meinen am Innenrückspiegel
meines jeweiligen Autos baumelnden ersten Rosenkranz daheim aus Corpus Christi, empfinde ich diese
neue Definition als einen politischen Fortschritt: Katholische Priester dürfen jetzt immerhin, wird ihnen
offen zugestanden, schwul veranlagt sein. Riki, die aus
den protestantisch geprägten Blue Ridge Mountains
stammt, in der Pastoren möglichst viele Kinder zu zeugen pflegen, empfindet hingegen, die aktuelle Instruktion des Heiligen Stuhls, nach der du als geweihter
Geistlicher zwar schwul sein, dies aber nicht ausführen,
nicht performen darfst, sei rückschrittlich. Ich wende
ein, daß der philosophische respektive theologische Akzent dieser Verlautbarung auf einer kulturwissenschaft-
lich durchaus zeitgemäßen Affirmation, wenngleich Re-
gulation, des Performativen liegt. Riki hält dagegen:
Aber wir können doch nur Schwule, die ihre Sexualität
auch ausleben dürfen, mit der zweiten Bedeutungsebene
der Vokabel, eigentlich ihrer ersten, als fröhlich, ausgelassen, erkennen. Kurzum: Riki kann mit meiner Auffassung vom Zölibat als einer rituellen Praxis, in der bio-

logische Männer willentlich auf enthaltsame Weise dem als weiblich begriffenen Korpus der Kirche dienen, überhaupt nichts anfangen. Weshalb wir an dieser Stelle unseres Films wahrscheinlich letzten Endes gar nichts einblenden werden.

Laura Ramsey, Ronald Edward Gays fünfte geschiedene Ehefrau, wundert sich kein bißchen, als sie erfährt, daß ihr Ex-Mann jemanden ermordet haben soll. Nach seiner Rückkehr aus Vietnam habe er sich in psychiatrische Behandlung begeben müssen. Die verschriebenen Psychopharmaka habe er meistens mit hochprozentigem Alkohol, kanadischem Whiskey, hinuntergespült. Einmal sei sie nach Hause gekommen, und Ronald habe vor ihrer gemeinsamen kleinen Tochter eine Pistole an seine Schläfe gehalten. Ein anderes Mal habe er im Angesicht seiner Schwiegermutter masturbiert, allerdings betrunken, an Weihnachten. Am Vatertag des laufenden Jahres, am 18. Juni 2000, habe er sie noch einmal in ihrem Haus in Citrus Springs, das er zwei Jahre zuvor verlassen habe, überfallen und sie sowie ihren jetzigen Ehemann bedroht. In Florida durfte er daraufhin keine Feuerwaffe mehr tragen. In und um Roanoke, Virginia, herum, vor seinem kurzen Aufenthalt in der Jefferson Motor Lodge zuletzt auf dem Roanoke Mountain Campground, hatte sich Ronald Edward Gay bereits seit rund einem Jahr aufgehalten. Angeblich wollte er sich hier behandeln lassen, aber Riki und ich fragen uns: Was genau an sich wollte er behandeln lassen? Die involvierten Ärzte aus Salems Veterans Affairs Medical Center geben keinerlei Auskunft. In Sharon's Graffiti

und Tony's Place, beide Salem Avenue, nur wenige
Blocks vom Backstreet Café entfernt, wurde Gay als
verschwiegener Stammgast bekannt. Schon während
der mittleren 1980er Jahre soll er einmal eine Zeit in
Roanoke verbracht haben. Am liebsten hätte er sich bei
euch in Virginia niedergelassen, sagt Laura Ramsey. Ein
Haus gebaut.

Mister Gay spricht in der Gasse hinter dem Corned
Beef & Co. einen Mitarbeiter des Restaurants an, der gerade damit beschäftigt ist, Abfälle zu entsorgen. Gay
zieht seine 9-Millimeter-Waffe hervor und fragt, wo
die nächste Gay Bar sei, er wolle jetzt mal ein paar
Schwuchteln abknallen gehen. Kann aber auch sein, daß
er die Waffe erst später präsentierte; hier haben wir ver-
schiedene, sich widersprechende Quellen. Der Angesprochene faßt diese Aussage, wollen wir zu seinen
Gunsten annehmen, zunächst als Scherz auf und schickt
den Bewaffneten ins Park, 615 Salem Avenue, ruft dann
aber, nach etwa sieben Minuten, die Polizei an, welche
gegen 23:40 Uhr bei ihm eintrifft. Auf dem Weg zum
Park liegt, 356 Salem Avenue, das Backstreet Café.

Vielleicht ist es die Musik, die den Attentäter hineinge-
hen läßt, womöglich wußte er bereits von der homosexuellen Besonderheit seiner ansonsten durchaus hetero-
genen Klientel. Annas Notruf aus dem Backstreet Café
erreicht die Polizei fünf Minuten vor Mitternacht. Die
Wache hat um null Uhr Schichtwechsel, so daß einigen
Polizisten momentan gar kein Wagen zur Verfügung
steht; also laufen sie zu Fuß los. Andere, die eigentlich

gleich Feierabend hätten und von irgendwoher zurückkehren, rasen mit ihren Streifenwagen zum Backstreet
Cafe. Zehn Minuten nach Annas Anruf wird Mister
Gay festgenommen. Seelenruhig hebt er seine Hände in
die Höhe. Noch im Streifenwagen spricht er sein Ge-
ständnis auf das polizeiliche Videoband: Er käme gerade
aus einer Schwuchtelbar und hätte sie alle umgenietet.
Er beschreibt die Mülltonne, in die er seine Waffe sowie
seinen Mantel geworfen hat; die Quittung des Waffen-
händlers müßte in einer der Manteltaschen stecken. Der
unglückliche Mitarbeiter des Corned Beef & Co. wird
einige Zeit von seinem Job freigestellt. Kommissar William Althoff kann sich an überhaupt keinen vergleich-
baren Fall in Roanoke erinnern; bereits am Montag soll
Mister Gay dem Richter vorgeführt werden. Riki und
ich zeigen ihn ausführlich in seiner Arrestzelle im Roanoke City Jail. Er wirkt ruhig, er steht nicht im Ver-
dacht, Selbstmord zu begehen. Er hat seine Mutter, Rita
Hack, im kanadischen Saskatchewan angerufen und ihr
die Worte I love you, Ma zugeflüstert.

Am 16. Oktober erscheint Eugene als Zeuge vor Gericht. Gay in einem dunkelblauen Overall, bewegungs-
los, auch keine inneren Regungen erkennbar. Sein jüngerer Bruder, William Gay, schildert, wie Ronald einmal, zwölfjährig, von seinem Vater nackt ausgezogen
und ausgepeitscht wurde, weil er mit den falschen Kindern verkehrt hätte; welchen, die ihn in Schwierigkeiten
brächten. Schlimmstes Erlebnis des laufenden Lebens:
Den Krieg gegen Vietnam verloren zu haben. Wir hatten
früh gelernt, daß die Welt da draußen böse ist, erklärt
William Gay einem Reporter der Roanoke Times.

Wir legen eine Pause ein und Green Velvets neue Schall-
platte, Temptation in vier verschiedenen Abmischun-
gen, auf. Riki und ich gehören einer seltenen Spézies an,
der sowohl Hillbilly als auch House Music zu Genuß
verhilft. Ich habe es besonders gut, denn mein Cousin
Calvin aus Chicago versorgt mich regelmäßig mit den
neuesten Erscheinungen auf Relief und Cajual Records.
Wobei Virginias Mountain Music, innerlich, ebenfalls
über eine gerade Bass Drum läuft, findet Riki, und die
ekstatischen Bewegungen der Tanzenden in Cockram's
Store denjenigen, die du in urbanen House Clubs beob-
achten kannst, nicht unähnlich sind. Green Velvet alias
Cajmere, bürgerlich Curtis Jones, ein ziemlich schräger
Typ, in dessen der Chicago House Music zuzuschrei-
bendem, auf seinen Relief respektive Cajual Labels ver-
öffentlichten Œuvre, wie generell in der House Music,
Sexualität, meistens schräge, exzentrische Sexualität, einen ganz zentralen Platz einnimmt, ließ die beiden Eti-
ketten seiner neuen Veröffentlichung mit herausfor-
dernden Bibeltexten zu dem theologischen Komplex
Versuchung, respektive Prüfung, bedrucken; einmal aus
den Katholischen Briefen, dem Brief des Jakobus, einmal aus den Paulinischen Briefen, dem Zweiten Brief an
die Korinther. Anläßlich der einige Wochen vorange-
gangenen letzten Veröffentlichung Green Velvets, No
Sex, waren es mehrere Stellen aus dem Ersten Brief an
die Korinther gewesen.

Ich habe sie nachgeschlagen und bin in ihrem unmittel-
baren Umfeld meinerseits fündig geworden: Nicht die
Frau verfügt über ihren Leib, sondern der Mann.

Ebenso verfügt nicht der Mann über seinen Leib, sondern die Frau. Entzieht euch einander nicht, außer im
gegenseitigen Einverständnis und nur eine Zeitlang, um
für das Gebet frei zu sein. Dann kommt wieder zusammen, damit euch der Satan nicht in Versuchung führt,
wenn ihr euch nicht enthalten könnt. Das klingt nun
überhaupt nicht, als ob sexuelle Praxis ausschließlich etwas mit Fortpflanzung zu tun haben dürfe, schrieb ich
an Calvin, der diese Auffassung in seiner Berufung zum
katholischen Kaplan immer wieder vertreten zu müssen
glaubt. Wie fragwürdig eine lediglich der Fortpflanzung
verschriebene Sexualität ausfallen kann, haben wir erst
neulich, Thanksgiving Day, in meinem ehemaligen Kin-
derzimmer über der Homepage des Schauspielers und
Musikers Vincent Gallo diskutiert, auf der dieser sein
Sperma für eine Million Dollars feilbietet, und zwar sexuell feilbietet; das mußte auch Calvin einsehen. Riki
hat noch gar nichts von dieser Aktion gehört, also gehen
wir kurzzeitig online.

Price includes all costs related to one attempt at an in
vitro fertilization. If the first attempt at in vitro fertilization is unsuccessful, purchaser of sperm must pay all
medical costs related to additional attempts. Mister
Gallo will supply sperm for as many attempts as it takes
to complete a successful fertilization and successful de-
livery. Sperm is one hundred percent guaranteed to be
donated by Mister Gallo who is drug, alcohol and disease free. If the purchaser of the sperm chooses the op-
tion of natural insemination, there is an additional
charge of 500 000 Dollars. However, if after being pre-

sented detailed photographs of the purchaser, Mister Gallo may be willing to waive the natural insemination fee and charge only for the sperm itself. Those of you who have found this merchandise page are very well aware of Mister Gallo's multiple talents, but to add further insight into the value of Mister Gallo's sperm, aside from being multi talented in all creative fields, he was also multi talented as an athlete, winning several awards for performing in the games of baseball, football and hockey and making it to the professional level of grand prix motorcycle racing. Mister Gallo is 5 foot and 11 inches and has blue eyes. There are no known genetic deformities in his ancestry, no cripples, and no history of congenital diseases. If you have seen The Brown Bunny, you know the potential size of the genitals if it's a boy. 8 inches if he's like his father. I don't know exactly how a well hung father can enhance the physical makeup of a female baby, but it can't hurt. Mister Gallo also presently maintains a distinctively full head of hair and at the age of 43 has surprisingly few gray hairs. Though his features are sharp and extreme, they would probably blend well with a softer, more subtly featured female.

Mister Gallo maintains the right to refuse sale of his sperm to those of extremely dark complexions. Though a fan of Franco Harris, Derek Jeter, Lenny Kravitz and Lena Horne, Mister Gallo does not want to be part of that type of integration. In fact, for the next 30 days, he is offering a 50000 Dollars discount to any potential female purchaser who can prove she has naturally blonde hair and blue eyes. Anyone who can prove a direct family link to any of the German soldiers of the mid-century will also receive this discount. Under the laws of the Jewish faith, a Jewish mother would qualify a baby to be deemed a member of the Jewish religion. This would be added incentive for Mister Gallo to sell his sperm to a Jew mother, his reasoning being with the slim chance that his child moved into the profession of motion picture acting or became a musical performer, this connection to the Jewish faith would guarantee his offspring a better chance at good reviews and maybe even a prize at the Sundance Film Festival or an Oscar. To be clear, the purchase of Mister Gallo's sperm does not include the use of the name Gallo. The purchaser must find another surname for the child. Clicking Buy Now will charge a 1 000 Dollars deposit via Paypal. The remaining balance will be due by cashiers check, wire transfer, or personal check and is due within seven days of purchase date. Item will ship when full payment has cleared.

Die Begriffe Mann und Frau, Begehren, Versuchung, Prüfung, auch der dialektische Kreislauf von Sünde, Beichte und Vergebung, nicht zuletzt Vincent Gallo in seiner Rolle als Nonne in dem Spielfilm Freeway 2, bringen Riki und mich abermals auf die aktuelle Auseinandersetzung um die neueste Instruktion des Vatikans, der sich ja, seit Michelangelo, meint Calvin, in verschiedenen Szenarien einer verdeckten Duldung heterogener Spielarten von Sexualität übte, in der es, okay, wenn wir sie wohlwollend auslegen, lenkt jetzt auch Riki ein, an keiner Stelle mehr um die Homosexuellen als solche

geht, sondern in der unsere Sexualität als Tätigkeit, eben
nicht als Identität, aufgefaßt wird. Es wird sogar noch
einmal zwischen homosexuellen Handlungen und homosexuellen Tendenzen unterschieden. Erstere seien
sündhaft, letztere stellten für den angehenden Geist-
lichen, und nur um solche geht es in dieser Instruktion,
eine Prüfung, und damit, sagt Calvin, eine göttliche
Auszeichnung, dar. Den betreffenden Personen sei mit
Achtung und Takt zu begegnen; man hüte sich, formuliert es der Vatikan, sie in irgendeiner Weise ungerecht
zurückzusetzen.

Homosexuelle Liebespraxis wird hier also nicht mehr
verdammt, aber sie wird als widersprüchlich und problematisch eingestuft. Doch gibt es denn etwas Wider-
sprüchlicheres als die Liebe zwischen einem Mann und
einer Frau? Ist Gott nicht, und war es nicht auch sein
Sohn Jesus Christus, ein ausgesprochener Anhänger
von Widersprüchen, Riki sagt: Schöpfer von Widersprüchen? Finden wir nicht ausgerechnet und nur im
Widerspruch zu unserem Glauben? Cousin Calvin
schrieb in seinem der Temptation EP beiliegenden Brief,
auch die Anglikanische Kirche sei über ihren Umgang
mit der Homosexualität nicht mit sich im reinen. Während in New Hampshire der von seiner Frau geschiedene und nunmehr sowohl bekennende als auch prakti-
zierende Schwule Gene Robinson unbescholten als Bi-
schof fungiert, klagt sein nigerianischer Amtskollege
Peter Akinola in aller Öffentlichkeit: Ich kann mir nicht
vorstellen, wie ein Mann, der im Vollbesitz seiner Sinne
ist, eine sexuelle Beziehung zu einem anderen Mann

unterhalten kann. Gott hat zwei Personen erschaffen, männlich und weiblich. Jetzt hat die Welt der Homosexuellen eine dritte Person erschaffen, weder männlich noch weiblich, einen seltsamen Menschen, in dem beide enthalten sind.

Riki und ich sind jetzt wieder im Text: John Collins hat sich zunächst an die Bar gesetzt und ein Zima bestellt, dann begibt er sich zur Toilette. Auf dem Rückweg macht er seinen alten Freund Danny Overstreet an den beiden großen zusammengeschobenen Tischen aus. Er nimmt sein Zima und geht hinüber, um Hallo zu sagen, geht in die Hocke und redet einige Minuten mit Danny. Als er sich wieder aufrichtet, beugt er sich kurz vor und nimmt Danny in seine Arme; John umarmt überall und immerzu alle. Also können wir doch fixieren, wer hier wen umarmte. Der Danny gegenübersitzende Fremde erhebt sich, zieht eine Pistole aus seinem Trenchcoat und schießt Danny eine Kugel in die Brust. Danny geht zu Boden. Der Schütze blickt John in die Augen und feuert in seinen Unterleib. John geht zu Boden, sagt dabei zu sich selbst etwas wie: Ich kann gar nicht glauben, was soeben passiert ist. Der Täter gibt weitere Schüsse ab. John versucht, in Richtung der Tür zu kriechen. Er fühlt, wie Danny eines seiner Beine umklammert, fest umklammert, fühlt dann, wie Dannys Griff schwächer wird, wie Danny schließlich losläßt. Sein Leben losläßt und stirbt. John liegt in einer Pfütze aus seinem eigenen Blut. Er hat sich auf eine Seite gedreht, er stellt sich tot. Er spürt, wie der Attentäter über ihn hinwegsteigt, wie dessen Trenchcoat seine Schulter streift. Mit fünf weiteren Verletzten wird John ins Roanoke Memorial Hospital eingeliefert. Sein Leben hängt im Krankenhaus zunächst noch am seidenen Faden: Er hat Teile seines Dünndarms und Dickdarms eingebüßt, die behandelnden Ärzte haben ihm einen künstlichen Darmausgang gelegt. In drei Monaten wollen sie ihn erneut operieren.

Eine in Tränen aufgelöste Menge Trauernder hat sich am Samstagabend auf dem Bürgersteig vor dem Backstreet Café versammelt. Quillt auf die Fahrbahn über, die Polizei muß die Salem Avenue für den Verkehr sperren. Überall brennende Kerzen für Danny Lee Overstreet. Riki fällt ein: Wenn Danny in Frauenkleidern auftrat, nannte er sich Iwanna; aber wo könnten wir das unterbringen? Er war jedenfalls der fröhlichste Mensch der Welt, darüber sind wir uns einig. Nicht unbedingt glücklich, aber stets fröhlich. Einblenden: Die tödlichen Schüsse im Backstreet Café als Titelgeschichte der Washington Times. Wir müssen jedoch, spätestens im Abspann, auch klarstellen, daß mindestens neunzig Prozent aller Angriffe, Übergriffe, Überfälle auf Schwule und Lesben nicht einmal aktenkundig werden.

Archivmaterial: Washingtons Gay and Lesbian Task Force hat sich auf den Weg nach Roanoke gemacht. In San Franciscos Castro District wird die Regenbogenflagge auf Halbmast gesetzt. Rikis Material: Pastorin Catherine Houchins der Metropolitan Community Church of the Blue Ridge bemüht sich Trost zu spenden. Wir sollten jetzt nicht wie die Hoffnungslosen wehklagen. Ich werde nicht in mein Versteck zurück-

kehren. Am nächsten Morgen wird ihre kleine Kirche in
der Kirk Avenue dem Ansturm von einhundertfünfzig
Trauernden gar nicht genügen, also wird sie ihre Messe
im Freien zelebrieren. Hier sollten wir Anna und Sue in
ihren schwarzen Backstreet Café T-shirts einbauen.

Für Dannys Beerdigung am Mittwoch hat sich auch der
gefürchtete baptistische Pastor Fred Phelps aus Topeka,
Kansas, angesagt. Er will mit seinen Spruchbändern an-
reisen, auf denen steht: Gott haßt Schwuchteln. Oder:
AIDS heilt Schwuchteln. Er schreit den Trauernden am
offenen Grab entsprechend gemeine Sentenzen zu, etwa: Euer Toter schmort in der Hölle. Der Kerl soll
nur erscheinen, erklärt Kommissar Althoff gegenüber
der Presse. Besonders aktiv gegen Phelps' drohende
Präsenz in Roanoke: die Hate Free Roanoke Task Force
sowie die Christ the Good Shepherd American Catholic
Church. Dann erscheint Pastor Phelps aber doch nicht.
Althoffs dezidiert unterlassene Bereitschaft, ihn polizei-
lich zu schützen, ließ ihn daheim in Topeka bleiben, öffentliche Präsenz, medial vermittelte, medial verstärkte,
hat er aber auch so bekommen. Sollten wir ihn überhaupt erwähnen? Alleiniger einschlägiger Zwischenfall:
ein vorbeifahrendes Auto mit einem weißen Banner, auf
dem Ronny Gay for President steht. Die einzige durch
Ronald Edward Gays Schüsse Verletzte, der es möglich
war, auf der Beerdigung zu erscheinen: Kathy Caldwell,
die Danny gar nicht persönlich kannte, mit ihrem ver-
bundenen Finger. Aus We Shall Overcome wird We
Have Overcome.

Riki googelt eine Bibelstelle herbei, die, als apokryphes Fragment, in den handelsüblichen Ausgaben des Buchs der Bücher fehlt. Riki glaubt, daß sie, erst 1958 im Kloster Mar Saba bei Jerusalem aufgetaucht, von homophoben Redaktoren des anbrechenden Mittelalters aus dem biblischen Kanon eliminiert worden war. Dem gefundenen Fragment läßt sich entnehmen, daß die bewußte Passage ins 10. Kapitel des Evangeliums nach Markus und dort zwischen die Verse 34 und 35 gehört. Jesus Christus hat einen Jüngling vom Tod befreit, hat ihn aus seinem Grab ins Leben zurückgeholt. Und der Jüngling musterte Jesus, wurde von Liebe zu ihm erfüllt und flehte ihn an, er möge an seiner Seite bleiben. Und also gingen sie, nachdem sie das Grab verlassen hatten, in das Haus des Jünglings, welcher wohlhabend war. Und nach sechs Tagen instruierte ihn Jesus, und am Abend kam der Jüngling zu ihm, mit nichts als einem Leintuch über seinem nackten Körper. Und er blieb bei ihm in dieser Nacht, da Jesus ihm das Geheimnis des Königreichs Gottes beibrachte. Eine entsprechend explizite Stelle zum heterosexuellen Begehren fänden wir im ganzen Neuen Testament nicht, behauptet Riki. Cousin Calvin erzählte mir schon von dem methodistischen Pastor und Theologen Theodore Jennings aus Chicago, der davon ausgeht, daß der Apostel Johannes Jesus' Geliebter war. Angeblich waren drei der zwölf Apostel von homosexuellem Begehren, was sich proportional womöglich relativ realistisch auf die heutige Katholische Kirche hochrechnen ließe, meint Riki.

Aber, hake ich nach, ist es nicht das alle essentialistischen Zuschreibungen überschreitende christliche Mysterium der Liebe, dem wir hier, als Blinder Fleck, als Verhülltes, selbst im dekonstruktivistischen Entwurf der Sexualität Judith Butlers letztlich gar nicht zu Enthüllendes, begegnen? Dem wir im Neuen Testament ja andauernd begegnen. Weshalb sich die Kirche ihrer homosexuellen Unterströmungen eben gar nicht zu schämen bräuchte, findet Riki. Meine Meinung: Das unsere binären Vorstellungen von der Sexualität allerdings ständig erneut auf die Probe stellt. Ist doch wunderbar, pflichtet mir Riki bei, das Binäre als Variable. Wir sollten unser Recht, Männer oder Frauen darzustellen, logisch nicht aufgeben.

Am 22. Dezember das feierliche Treffen der Überlebenden im Backstreet Café, drei Monate nach den Schüssen; keiner von uns hatte geahnt, daß der 22. Dezember auch Mister Gays Geburtstag sein würde. Alan bittet um Geld für die Verwundeten, für deren kostspielige medizinische Behandlung. Kathy und John sind da; ihre Hand funktioniert noch nicht, aber er ist seinen künstlichen Darmausgang los. Es ist das erste Mal, daß auch Page wieder ins Backstreet Café gekommen ist. Sie hat sich die ganze Zeit wegen ihrer fehlenden Zähne geniert, denn sie kann ihren Mund noch nicht weit genug öffnen, um den Zahnärzten ungehindertes Operieren zu gewährleisten. Die rechte Hälfte ihres Gesichts ist noch immer gefühllos, andere Partien schmerzen sie andauernd; die zweite Kugel sitzt seit einem Vierteljahr in ihrem rechten Oberschenkel fest. Alle Mitglieder ihrer

Clique sind, wie am 22. September, im Smoking erschienen; wobei drei Smokings von Mitchell's Formal Wear gestiftet wurden. Savannah Savage verrät der Presse, daß ihr bürgerlicher Name Thomas Lane ist. Sam Cox verkündet, im Backstreet Café gehe es gar nicht um schwul oder nicht schwul, nicht um lesbisch oder nicht lesbisch. In diesem Lokal versammelten sich einfach nur gute Leute.

Neun Minuten vor Mitternacht bittet Pastorin Houchins um eine Schweigeminute. Falls Riki und ich dieses Ereignis verwerten wollten, könnten wir an dieser Stelle die Erzählebene wechseln und direkt auf Rikis Dokumentaraufnahmen zurückgreifen. Den ganzen Abend hat sie mich mit ihrer geschulterten Kamera umkreist, den Ablauf der Benefizvorstellung immer wieder in den beiden Compact Discs, die ich, mit ihren glänzenden Unterseiten nach oben, wie Warzenhöfe auf meiner kaschierten Brustpartie befestigt hatte, reflektiert, auf den kreisrunden, meinen Nabel freigebenden Ausschnitt in meinem silbernen Paillettenkleid gezoomt, auf die Geldscheine, die darin steckten, sie ist auf meine Lamettaperücke zugestoßen, um das Objektiv ruckartig ins Unscharfe zu ziehen und einfach nur diffuse Lichter tanzen zu lassen, aber ich möchte in diesem Film eigentlich gar keine Miss Gay Roanoke sehen.

Es ist spätnachts, denn wir benötigen den morgigen Poststempel auf unserem Umschlag. Auf dem Plattenteller dreht sich Loretta Lynns 1966er Erfolgsnummer You Ain't Woman Enough To Take My Man, leere Tü-

ten von Corned Beef & Co. zu unseren Füßen, Riki jetzt
wieder an der Tastatur ihres Computers: Es ist der 23.
Juli 2001. Page Webb schildert im Gerichtssaal 3 des
Roanoke City Circuit Court, wie sie den Angeklagten
bereits vor seiner Tat, bevor er das Backstreet Café be-
trat, an der Bushaltestelle auf der Salem Avenue wahrge-
nommen und dabei die absolut unheimlichsten Schwin-
gungen ihres Lebens empfangen hätte. Dasselbe Gefühl
eine Viertelstunde später, Bruchteile von Sekunden, bevor sie eine Kugel aus Ronald Edward Gays Pistole in
den Kopf gejagt bekam. Im Publikum sitzt der aus New
York City angereiste Donald Moffett, dessen flüchtige
Skizzen wir aus dem Vorspann kennen und die wir nun,
auf seinen Knien, während ihrer spontanen Verferti-
gung, wiedererkennen. Vielleicht beginnen wir unseren
Film überhaupt mit Jonathans Aufnahmen von der Ver-
nissage am 9. November in San Francisco, schlage ich
vor, bei Anthony Meier Fine Arts, Moffetts erster Ausstellung in San Francisco überhaupt. Titel des Werks:
Mister Gay in the USA. Riki, die Jonathans Polaroids
kennt, kann sich das ebenfalls gut vorstellen: Zuerst San
Franciscos ausgelassene Art Crowd, dann knallharter
Schnitt nach Roanoke.

Donald Moffett fertigt insgesamt siebzehn Zeichnungen
an, manche Blätter sind doppelseitig bearbeitet, so daß
wir die andere Seite durchscheinen sehen können. Aus
dem Zeugenstand erklärt Kathy Caldwell dem Richter,
wie sie das Gelenk ihres linken Mittelfingers eingebüßt
habe, dreht sich dann zur Seite, sieht dem Angeklagten
ins Gesicht und stellt fest: Er hat mich zu einer stärkeren

Person gemacht; das ist alles, was er bei mir erreichte.
Kathy Caldwell und Ronald Edward Gay schauen sich
in die Augen, und plötzlich beginnt Kathy zu lachen.
Das können wir nicht nehmen, finde ich, das ist wie in
einem billigen Krimi. Wenn es aber doch genau so abge-
laufen ist, widerspricht mir Riki. Gay nickt, während
Kathy redet, die ganze Zeit so komisch mit seinem
Kopf; er kann ihr doch nicht zugestimmt haben, oder?
Kathy hört jedenfalls gar nicht mehr auf zu lachen, sie
lacht noch, als sie den Zeugenstand wieder verlassen hat.
Und Mister Gay läßt seinen durchdringenden Blick,
auch als Kathy längst erneut Platz genommen hat, gar
nicht mehr von ihr ab. Bis jemand vom Gerichtsperso-
nal dagegen einschreitet. Als ob Blicke töten könnten,
so kommt uns das vor. Dann erhebt Mister Gay auch
noch einen seiner Zeigefinger und deutet mit diesem
zum Himmel. Stimmt: Ausdenken dürften wir uns solche Sachen wirklich nicht. Riki klickt unser letztes Bild
an. Ronald Edward Gay sagt zum hohen Gericht: Wenn
ich verrückt bin, ist Gott es auch. Das über den Rest seiner armseligen Existenz verhängte Urteil lautet: Vier
mal lebenslänglich plus sechzig Jahre. So alt wurdest du
allenfalls im Alten Testament, bemerkt Riki. Doch
könnte Gay bereits im Jahr 2011, er dürfte dann um die
Mitte sechzig sein, wieder freikommen, aus Altersgrün-
den, wie die Gerichtsreporter notierten. Dazu müßte er
sich allerdings in einem erbärmlichen Zustand befinden.

Seit Ewigkeiten zirkuliert Loretta Lynns Langspiel-
platte You Ain't Woman Enough mit der Abtastnadel
des Tonarms in der geschlossenen Auslaufrille. Riki at-

met tief durch, fährt ihren Computer herunter, steht auf, reckt sich, rückt sich im Gehen die durchsichtigen Kunststoffträger ihres Büstenhalters auf Schultern, um die ich sie von Anfang unserer Freundschaft an beneidet habe, zurecht, hält den Motor des Plattenspielers an, holt eine Flasche Wodka aus dem Schrank, zerstößt etwas Eis in zwei ehemaligen Senfgläsern und fragt: Was soll ich auflegen?

ODYSSEY

Cruising with John Rechy, 1973

Friday

11:07 A.M.	The Apartment. The Gym.
01:04 P.M.	Santa Monica. The Beach.
02:25 P.M.	The Pier.
03:48 P.M.	The Restroom by the Pier.
05:12 P.M.	Hollywood Boulevard.
05:39 P.M.	Selma.
06:17 P.M.	Laurel Canyon. Someone's Home.
07:01 P.M.	Selma. The Hustling Bar. Selma.
08:05 P.M.	Dellwith.
09:08 P.M.	Downtown Los Angeles.
10:32 P.M.	Greenstone Park.
11:48 P.M.	Montana Street. Hanson Avenue.
12:10 A.M.	The Apartment.
12:35 A.M.	Montana Street. Hanson Avenue.
12:47 A.M.	Sutton Street.
01:15 A.M.	The Street and Alley Outside the Haw Bar.
02:22 A.M.	The Alley and Streets Near the Target Bar.
02:51 A.M.	Outside Andy's.
03:05 A.M.	The Garages, Yards and Alleys Along Bierce Place.
03:40 A.M.	Albertson Avenue.

03:46 A.M.   Terrace Circle.
04:12 A.M.   Greenstone Park.
04:16 A.M.   Montana Street. Hanson Avenue.
04:24 A.M.   The Apartment.

Saturday

10:08 A.M.   The Apartment. The Gym.
11:05 A.M.   Greenstone Park.
12:23 P.M.   Griffith Park.
12:34 P.M.   Griffith Park. The Hill.
01:38 P.M.   Griffith Park. The Road. A Path.
01:47 P.M.   Griffith Park. The Isolated Cove.
02:12 P.M.   Griffith Park. The Road. Another Hill.
02:47 P.M.   Griffith Park. The Arena.
03:05 P.M.   Griffith Park. Along the Road.
04:04 P.M.   The Movie Arcade.
05:02 P.M.   Hollywood Boulevard. Selma.
05:25 P.M.   Roo's Home.
06:56 P.M.   Griffith Park. The Twilit Road.
07:14 P.M.   Griffith Park. The Lower Areas.
08:44 P.M.   Greenstone Park. The Area of the Garage
             on Oak Street. Greenstone Park.
11:47 P.M.   Selma.
12:31 A.M.   Santa Monica Boulevard and Highland
             Avenue.
12:38 A.M.   A Side Street Near West Hollywood.
12:51 A.M.   Santa Monica Boulevard and Highland
             Avenue.
01:09 A.M.   The Lots and Alleys Near the
             Costume Bars.

02:17 A.M. The Garage on Oak Street.
02:21 A.M. Oak Street. The Garage. The Tunnels.
            The Shed. The Street.
04:08 A.M. The Apartment.

Sunday

07:34 A.M. The Apartment.
11:07 A.M. The Apartment.
12:02 P.M. Griffith Park. The Isolated Hill.
12:29 P.M. Griffith Park. The Roads. The Hills.
01:12 P.M. Griffith Park. The Beginning of
            the Invasion.
01:28 P.M. Griffith Park. The Invasion.
03:54 P.M. Griffith Park. The Detention Compound.
04:58 P.M. The Movie Theater.
06:06 P.M. The Afternoon and Early-Evening Bar.
            Another Bar. The Turf Bar.
07:16 P.M. Hollywood Boulevard. Selma.
07:45 P.M. A House in the Hills.
08:30 P.M. Selma.
08:59 P.M. The Baths.
10:35 P.M. Outside the Tool Bar. The City.
            The Lot Outside the Turf Bar.
11:26 P.M. The Parking Lot Outside the Turf Bar.
11:44 P.M. The Tunnel Near Sutton. Hollywood
            Boulevard. Santa Monica Boulevard.
            Selma. Terrace Circle, Bierce Place,
            Greenstone Park.
01:06 A.M. Outside the Tool Bar.

01:23 A.M. Outside the Turf Bar. A Parking Lot.
            The Alley.
02:06 A.M. A Deserted Part of the Beach.
02:42 A.M. The Orgy Room.
03:44 A.M. Selma. Greenstone Park. Montana Street.
            Hanson Avenue.
04:15 A.M. The Garage on Oak Street. The Tunnels.
            The Garage. Greenstone Park. Montana
            Street. Hanson Avenue. The Garage.

PATIENT ZERO

Ich hatte nicht unbedingt vorgehabt, eine Fag Hag zu werden, bin auch nicht stutenbissig. Mit zwanzig hatte ich durchaus andere Frauen zu Freundinnen, viele von ihnen älter als ich, bereits verheiratet, mit Kindern. Meine eigene Ehe hielt nicht sehr lange. Während meiner Ausbildung zur Flugbegleiterin lernte ich Robert kennen, wozu ich anmerken sollte, daß ich meine Schüchternheit erst in der Uniform unserer Luftfahrtgesellschaft abzulegen begann.

Robert saß eines Tages zufällig neben mir, er sah sehr süß aus, hatte rote Haare und trug an der rechten seiner auffallend feingliedrigen Hände einen einfachen goldenen Ring, wie es verheiratete deutsche Männer zu tun pflegen, wie es bei uns aber auch schwule Männer untereinander zu handhaben pflegen. Mein Mann und ich trugen unsere Eheringe selbstredend links. Also fragte ich Robert, ob er Deutscher sei. Wie kommst du darauf, entgegnete er, sichtlich erstaunt, in einem unüberhörbar südlichen Akzent, der vielleicht nach Atlanta, New Orleans oder Houston klang, nicht aber nach Frankfurt, Heidelberg, München. Roberts Vorfahren stammten jedoch tatsächlich aus Deutschland.

In den Pausen zwischen unseren Kursen fragten sich Robert und seine Freunde Luis, Branford und Jeremy

andauernd merkwürdige Sachen ab. Etwa: Ein luftwaf-
fenblaues Taschentuch hängt aus deiner linken Hosen-
tasche, was hat es zu bedeuten? Korrekte Antwort: Ich
bin Flugkapitän, Flugoffizier, wahrscheinlich Flugbegleiter. Marineblaues Taschentuch in linker Hosenta-
sche signalisiert: Ficker. Dasselbe Tuch auf der rechten
Seite: Gefickter. Tiefes Rot, rechts getragen: Ich möchte
deine Achselhöhlen auslutschen. Gelb, links: Pisser.
Orange, links: Jederzeit. Orange, rechts: Nicht jetzt. Ich
hörte ihnen so lange zu, hatte so viel Spaß mit meinen
neuen Kollegen, daß ich bald selbst mithalten konnte.
Korallenrot, links: Lutsch meine Zehen. Grau, rechts:
Feßle mich. Braune Seide, links: Beschnitten. Braune
Spitze, links: Unbeschnitten. Braune Spitze, rechts: Ich
mag Unbeschnittene.

Fag für schwule Männer geht womöglich auf Fag für Zigaretten zurück, als die nämlich noch feminin konno-
tiert waren, weil richtige Männer Pfeifen oder Zigarren
rauchten; wobei es mir prinzipiell nur bedingt einleuch-
tet, wieso schwule Männer als effeminiert zu gelten haben. Die etymologische Herkunft von Faggot läßt sich
nicht wirklich fixieren. Hag hat im alten Englischen etwas mit Hexenbesen zu tun.

Luis war der erste Mensch, der mich eine Fag Hag
nannte: Ich war eine geschiedene, eine alleinstehende
Frau, und ich verbrachte meine Freizeit in aller Welt wie
auch daheim in Chicago weitgehend mit schwulen Männern. In seinem wirklichen Leben war ich wohl die erste
Fag Hag, der er begegnete, aber Luis erkannte mich aus

zahlreichen einschlägigen Filmen und Romanen wieder.
Er brachte mir bei, was ich war, denn ich hatte ja nie zuvor von Fag Hags gehört. Er sagte: Du hast eine Vorliebe für die Sensibilität schwuler Männer, für ihre aus-
gefeilte Art der ästhetischen Wahrnehmung und deren
produktive Umsetzung in den Künsten und der Mode.
In unserer garantiert anregenden Gegenwart kannst du
dich entspannen und zugleich sehr viel Spaß haben, du
kannst anziehen, wozu auch immer du Lust verspürst,
dich schminken und frisieren, wie du magst, und trittst
damit keineswegs in homosoziale Konkurrenz zu deinen Geschlechtsgenossinnen. Wenn du mit uns aus-
gehst, bist du stets von überwiegend sehr gutaussehen-
den Männern umgeben, die dich nicht sexuell belästigen
werden. Andere Frauen werden dich nicht argwöhnisch
beäugen, werden uns dir nicht abspenstig machen wollen. Nichtsdestotrotz wirst du unter uns kaum deinen
zweiten Ehemann finden, sagte Luis. Früher, zu Zeiten
unserer Großeltern, als wir noch keine eigenen Tanzlo-
kale haben durften, wobei Eltern und Großeltern der
Ausrichtung unseres sexuellen Begehrens auch heute
noch, sozusagen naturgemäß, entgegenstehen, wärst du
uns kollegial aufs Parkett gefolgt, hättest als Frau unter
uns getanzt, damit wir Männer ungestraft miteinander
hätten tanzen können. Wir hätten dich dafür geliebt und
womöglich den Begriff Fag Hag geprägt.

Auch Robert, Branford und Jeremy hatten frühere Leben: Robert war Schauspieler und Fotomodell gewesen,
Branford Hausmann und Jeremy Musiker; Luis dagegen hatte schon als kleiner Junge Flugbegleiter werden

wollen. Er schätzt, daß maximal zwanzig Prozent unserer männlichen Kollegen von heterosexuellem Begehren geleitet werden. Robert hatte seine vormaligen Berufe an den Nagel gehängt, um ungehindert durch die moderne Welt fliegen zu können, Branford nimmt seine häusliche Rolle stets erneut an, wenn er die Schwelle zu Delberts Wohnung überschreitet, Jeremy bringt jedes Jahr eine neue CD mit eigentümlichen Liebesliedern auf seinem eigenen Gladiola Label heraus, dessen Produkte er ausschließlich über das Internet vertreibt. Nachdem er mich gestern in Manila, beim Abrechnen des Bordverkaufs, eine norwegische Volksweise hat summen hören, versucht er mich zu überreden, daß ich im Refrain seines nächsten aufzunehmenden Songs die zweite Stimme übernehme.

Zu keinem Zeitpunkt haben mich Robert, Luis, Branford und Jeremy ein Flittchen genannt, kein einziges Wochenende haben sie mich allein im Hotel zurückgelassen. Sie haben meine Schüchternheit nicht als Arroganz mißverstanden, haben mich auf unseren nächtlichen Touren zu den freizügigsten, extravagantesten Aufmachungen, mit denen ich alle anderen Frauen in den Schatten stellte, angespornt.

Ich habe erlebt, wie Flugkapitäne herumhurten, habe gesehen, wie sie ihre Eheringe erst nach der Landung auf unserem Heimatflughafen wieder aufzogen, wenige Minuten bevor sie von ihren ahnungslosen Ehefrauen in Empfang genommen wurden. Ich habe zahllose unverheiratete Kolleginnen erlebt, die sich entsprechend ziel-

strebig auf Männerfang begaben. Sobald wir einen gut-
aussehenden Kapitän im Cockpit haben, erlischt ihr ge-
ringstes Verständnis für die Anwesenheit einer zweiten
Frau, werden sie gehässig zu mir, speziell abends, besonders wenn ich elegant gekleidet bin, doch oft auch
schon während des Flugs. Dabei ziehe ich an Bord prak-
tische Hosenanzüge unpraktischen Kostümen vor und
trage mein Haar meistens in einem strengen Knoten.
Daß ich nach Feierabend gern in klobigen Schuhen der
Firma Doc Martens herumlaufe, brachte mich hin und
wieder auch in den Fokus gewisser lesbischer Seiten-
blicke. Dennoch logisch, gleichsam phallologisch, wenn
wir in sogenannten Frauenberufen, wie es unserer, bei
aller Weltoffenheit, einer ist, weniger auf lesbische als
auf schwule Kollegen treffen.

Mir fiel auf, daß ich Geltungssucht, Boshaftigkeit, Flitt-
chentum, Neid und offensiv ausgestellten Materialismus
besser ertragen kann, wenn sie von Männern ausgehen.
Diese stereotyp weiblichen Verhaltensweisen werden
von ihnen gleichsam dialektisch zur Darstellung gebracht, während es Frauen damit allzu oft wirklich ernst
meinen. Wenn Robert mir einmal zu verstehen gibt, ich
hätte in meinen Jeans einen fetten Arsch oder auch, daß
der Ton meines Lippenstifts nicht so recht zu meinem
Teint paßt, sagt er das nicht, um mich bloßzustellen oder
etwa auszustechen, sondern weil mein Hintern in dieser
Hose wirklich unvorteilhaft wirkt respektive die Farbe
des Lippenstifts mein Gesicht wirklich in ein falsches
Licht setzt. Der Wirklichkeitsbegriff schwuler Männer
ist eine ihrer faszinierendsten Errungenschaften. You

Make Me Feel Mighty Real als das aufgekratzte, stets im
Falsett vorgetragene Community Credo der internatio-
nalen Disco-Dissidenz, zu einem weltweiten, bis heute
immer wieder editierten Hit ausgebaut von Sylvester,
dem farbenprächtigsten, wenngleich längst, nämlich
1988 an den Folgen seiner AIDS-Erkrankung gestorbe-
nen ehemaligen Mitglied der legendären kalifornischen
Cockettes.

Der androgyne deutsche Sänger Klaus Nomi als erstes
prominentes AIDS-Opfer der Geschichte der Popmu-
sik. Gaëtan Dugas als Patient Zero der westlichen, der
nördlichen, unserer AIDS-Epidemie, wobei das Zero,
die Null, zunächst der Buchstabe O gewesen sei, weshalb die Zuschreibung Patient Null falsch sei, nämlich
auf einem orthographischen Mißverständnis beruhe,
behauptet Branford. Die Kennzeichnung O hätte für
Out of California gestanden, aber auch das sei letztlich
unstimmig, denn Gaëtan Dugas war kanadischer Herkunft. Jeremy glaubt, er sei von Kalifornien aus geflo-
gen, deshalb stehe das O in den Akten des Center for
Disease Control in Atlanta für Out of California. Woraufhin ihn Luis augenzwinkernd verbessert: Out in California. Robert bringt Sigmund Freuds berühmte Pa-
tientin Anna O ein, die in Wirklichkeit Bertha Pappen-
heim hieß. Branfords und Jeremys Geschichte des O
handelt aber von den letzten Lebensjahren des hüb-
schen kanadischen Flugbegleiters Gaëtan Dugas, durch
dessen gefährliche Liebschaften in den flugplanmäßig
durchstreiften Bestimmungsorten Los Angeles, New
York und San Francisco der Legende nach allein 40 der

248 zum Zeitpunkt April 1982 in den USA registrierten AIDS-Patienten todbringend angesteckt worden seien: Der Schöne als die Bestie.

Branford und Jeremy malen sich Gaëtan beim nächtlichen Herumstromern aus, in den legendären Tanzpalästen der anbrechenden 1980er Jahre, auch in den Hintergassen um deren Bühnen- und Lieferanteneingänge herum, als Disco wieder in den sexuell andersdenkenden Untergrund abstieg, sie malen sich Gaëtan in mannigfaltigen, längst nicht mehr existenten Verliesen einschlägiger erotischer Ausschweifungen aus, im dichten Dampf der Badehäuser, in den verlockenden Dunkelräumen einer Promiskuität, wie wir sie heute, selbst auf den eher leichtsinnigen als abenteuerlichen Crystal Meth Parties, von denen Branfords und Delberts Hausarzt neulich berichtete, gar nicht mehr kennten. Wie ich sie aber auch aus meiner jugendlichen Lektüre der intimen Tagebücher Casanovas erinnere, in denen heterosexuelle Liebespraxis, sehr gern vermittels abgedunkelter Räumlichkeiten, zu ähnlich anonymen Signaturen der Leidenschaft führte.

Je länger ich mit meinen Kollegen in all den Hotels, Restaurants, Bars und Clubs diesseits sowie jenseits des Pazifischen Ozeans, diesseits und jenseits des Atlantiks, nicht selten auch an Bord unserer Langstreckenflugzeuge, über die Stereotypen der Sexualität diskutierte, desto mehr geriet ich zu der Überzeugung, daß gar keine der als typisch schwul geltenden Topoi tatsächlich archetypisch schwul sind. Die Alten hatten schon recht, wenn sie konstatierten, es gebe nur zwei Weisen der Sexualität: einerseits diejenige, welche der Fortpflanzung der menschlichen Art diene, andererseits sämtliche anderen Spielarten, die sie deshalb auch, wortwörtlich, in dem Terminus Heterosexualität zusammenfaßten. Und: Hat uns Safer Sex, als kulturelle Errungenschaft der schwulen Milieus, nicht erst recht vor Augen geführt, daß es im Sexuellen keineswegs per se um Penetration geht?

Luis und Robert können sich momentan nicht darüber einigen, in welchem Jahr die akut lebensrettende Medikamentierung HIV-Infizierter entwickelt war respektive in unseren Breiten eingeführt wurde. Sie erzählen mir von dem Spielfilm Zero Patience, Regie John Greyson, Kanada 1993. Angekündigt als schrilles, amüsantes Musical über AIDS, bei dem die Geister von Bertolt Brecht und Busby Berkeley, Michel Foucault und Barbra Streisand Pate gestanden hätten. Für mich geht der Spielfilm vom Herbst 1987 aus, erinnert sich John Greyson. Ein Freund präsentierte mir das Titelblatt des California Magazine mit der Schlagzeile: Der Mann, der AIDS nach Nordamerika brachte. Abbildung: Die verschwommene Gestalt eines Flugbegleiters erscheint auf der Gangway eines Passagierflugzeugs. Gespenstisch. In dem entsprechenden Artikel wurde behauptet, daß ein promiskuitiver frankokanadischer Flugbegleiter in den 1970er Jahren für die ersten AIDS-Fälle auf dem amerikanischen Kontinent verantwortlich sei; wobei der Text auf Randy Shilts zurückging, der diese Version soeben in seiner erratischen, sehr schnell zum Bestseller avancierten Narration And the Band Played On implementiert hatte.

Augenblick mal, dachte ich, sagt John Greyson, denn
damals waren bereits AIDS-Fälle ausgemacht worden,
die auf die späten 1960er Jahre zurückgingen, weshalb
ihm der vorliegende Artikel auch auf Anhieb suspekt
war. Doch in den folgenden Wochen und Monaten
wurde dieser angebliche, drei Jahre zuvor verstorbene
Patient Zero von den Medien, auch Massenmedien, dermaßen hochgespielt, im People Magazine wurde er, neben Ronald Reagan und Michail Gorbatschow, zu den
25 interessantesten Persönlichkeiten des Jahres 1987 gezählt, daß die dämonische Legende um Gaëtan Dugas
bis heute, wo alle wissen, daß weltweit 90 Prozent aller
HIV-Infizierten, deren Zahl ja noch immer ständig
wächst, einem heterosexuellen Lebenswandel folgen,
von vielen als tatsächlich hingenommen wird. Einschlägige Überschriften: Der Kolumbus des AIDS. Der
Mann, der zu viel flog. Der Mann, der uns AIDS
brachte. Das Monster, das uns AIDS brachte. Allgemeine Unterstellung: Massenmörder, Exterminator.
Wobei die Promiskuität des Protagonisten in Greysons
Film überhaupt nicht in Frage gestellt werde. Viel interessanter sei die Frage, wozu unsere Gesellschaft solch
einen Patienten Nummer Null benötige, findet Luis.

Guy Babineau behauptet: Während der mit dem Schauspieler und Präsidenten Ronald Reagan befreundete, in
zahllosen Rollen als heterosexueller Liebhaber populär
gewordene, 1985 an den Folgen seiner Erkrankung an

AIDS gestorbene Hollywood-Schauspieler Rock Hud-
son, der sein ausschweifendes, außerhalb der Leinwand
auf Männer gerichtetes Liebesleben nach seiner tödlichen Infektion ohne weitere Vorsichtsmaßnahmen
fortsetzte, als der erste Poster Boy der Epidemie gilt, haben wir es bei Gaëtan Dugas, dem Flugbegleiter, dem
vormaligen Friseur, mit dem ersten It-Girl der AIDS-
Ära zu tun.

Gaëtan betritt eine Bar und macht sogleich allen klar,
daß er, mit seinem sandblonden Haar, seinen uner-
gründlich grünen Augen, der Hübscheste im Raum ist.
Shilts läßt ihn wieder und wieder sagen: Ich bin der
Hübscheste von allen. Die kleinste Hautunreinheit ist
ihm peinlich. Tagtäglich hochmodisch ist seine Aufmachung. Jeremy findet es politisch fragwürdig, wenn die
öffentliche Erörterung von Homosexualität immerzu
mit einer Akzentuierung der umwerfenden physischen
Attraktivität ihrer Ausführenden einhergeht, doch ich,
als typische Fag Hag, lege exakt auf diesen Aspekt aller-
größten Wert.

Immer wieder wird kolportiert, Gaëtan hätte seinen
Liebhabern nach dem gemeinsamen Liebesakt, sobald
er das Lampenlicht wieder angemacht hatte, eröffnet:
Ich werde sterben, und du auch. In Wirklichkeit hat er,
dem damaligen Stand der medizinischen Forschung
nach, überhaupt nichts von dem ansteckenden Charakter seiner Erkrankung wissen können, sagt Branford.
Als er später davon erfuhr, machte ihn dieser Gedanke,
Angaben des Center for Disease Control zufolge, un-

tröstlich. Wußtest du, merkt Jeremy an, daß Randy
Shilts sich, während er seinen Dauerbrenner nieder-
schrieb, einem HIV-Test unterzog, dessen, im übrigen
fatales, Ergebnis er jedoch ausdrücklich erst nach Ab-
schluß der Arbeiten an seinem Manuskript erfahren
wollte? Der Mann, der uns die reißerische Story über
den Mann brachte, der uns AIDS brachte, hatte sich
selbst mit AIDS infiziert. Sein durchweg bürgerlicher
Roman, sagt Robert, erscheint uns heute als das verant-
wortungslose Produkt internalisierter Homophobie, als
unglückseliges Zeugnis schwulen Selbsthasses.

Thanksgiving Day 1987 auch der Tod von Peter Hujar,
dem Fotografen, dessen mir sehr zu Herzen gegangenes
Portrait Candy Darlings auf ihrem Totenbett im Columbus-Krankenhaus, 1974, bevor AIDS aufkam, die
aktuelle CD von Antony and the Johnsons ziert. Luis
vergleicht Antonys Falsett mit dem von Sylvester, von
Bobby Marchan, Esquerita und Frankie Half-Pint Ja-
xon, vergleicht es auch mit dem Falsett des Klaus Nomi.
Candy Darling als Andy Warhols sterbender Superstar,
famous Female Impersonator, melodramatische Drag
Queen, verendet, bei offizieller Diagnose Blutkrebs, an
den bösartigen Folgen eines übermäßigen Konsums
minderwertiger weiblicher Hormone, sagt Luis. Nan
Goldin bekennt, Peter Hujars Bilder nackter Männer,
selbst das eines nackten männlichen Babys, habe sie der
Erfahrung am nächsten kommen lassen, wie man sich in
männlichem Fleisch fühle. Robert zeigt sich dagegen
ganz besonders von Hujars Architekturaufnahmen fasziniert.

David Wojnarowicz filmte und fotografierte den soeben
verstorbenen Peter Hujar auf seinem Totenbett im Zimmer 1423 des Cabrini-Krankenhauses: Als alle den
Raum verlassen hatten, holte ich die Super-8-Kamera
aus meiner Tasche und machte einen Schwenk über sein
Bett. Seine geöffneten Augen, sein geöffneter Mund, die
wunderschöne Hand mit dem Hauch von Gaze, welche
die Infusionsnadel am Gelenk festhielt, das Marmorfar-
bene seiner Hand, das volle Gefühl lebendigen Flei-
sches, dann die ruhige Kamera. Großaufnahmen seiner
erstaunlichen Füße, seines Kopfes, wieder die geöffneten Augen. Ich versuchte das Licht einzufangen, das ich
in dem Auge sah.

FEMME COUTEAU

Jorinde, die ihr Strickzeug vom Tisch nimmt, damit ich das Frühstück servieren kann. Louise Bourgeois, die berichtet, als sie aufwuchs, hätten alle Frauen in ihrem Haus andauernd mit Nadeln hantiert. Sie sei sehr fasziniert gewesen von diesen gewissermaßen stichhaltigen Handarbeiten. Die Künstlerin spricht von der magischen Kraft der Nadel. Aber diese Nadeln stechen nicht, sagt Jorinde, sie verweben, sie stopfen, flicken, diese Nadeln reparieren Schäden; mit ihnen könnte ich auch Bildende Kunst machen. Jorinde wird ihrem Sohn, der seit gestern bei seinem Vater zu Besuch ist, eine orangefarbene Pudelmütze stricken. Jorindes sechsjähriger Sprößling als angehender ABC-Schütze.

Louise Bourgeois hat, gemeinsam mit dem amerikanischen Kunsthistoriker Robert Goldwater, drei Söhne. Ich bin eigentlich noch ganz schön jung, sagt Jorinde, während sie uns Tee nachgießt; sie könnte sich vorstellen, irgendwann ein zweites Kind zu bekommen, vielleicht mit mir, und dann vielleicht eine Tochter. Louise Bourgeois, vierundneunzig, deren künstlerisches Werk bis heute immer wieder um ihre Kindheit in Frankreich kreist, um des Vaters zehn Jahre lang unverhohlene, von der Mutter geduldete Liebesbeziehung zu dem englischen Kindermädchen. In ihren genähten, vernähten, zusammengenähten Stoffskulpturen wird der weibliche

Körper letzten Endes zerlegt, zerstückt, sage ich, denke nur an die Three Horizontals, drei auf ein gerädertes metallenes Gestell wie aufgebahrt montierte, verschieden stark verstümmelte weibliche Torsi, schafweiß, in rosa gefärbte Stücke Stoff genäht. Und ein andermal sehen wir ja auch eine spitze Klinge, die überaus bedrohliche Schneide eines Schlachtermessers, welche waagerecht, als Bestandteil der Installation Femme Couteau, über dem fragmentierten, ausgestopften Rumpf der Frau schwebt. Es gibt Tage, da empfinde ich mich selbst als Patchwork, sagt Jorinde.

Wenn ich ein englisches oder französisches Kindermädchen gehabt hätte, rechne ich mir aus, hätte ich frühzeitig den Unterschied zwischen I und me, respektive je und moi, jeweils für die deutsche Vokabel ich, zu nutzen erlernt. Würden wir nicht oftmals auch viel lieber mich anstatt ich sagen? Im Französischen gibt es sogar die vielversprechende Möglichkeit, beides zu verbinden, sagt Jorinde: Moi, je. In meiner gestrigen Tagebucheintragung habe ich mich schon gefragt, ob das englische behave aus being und having zusammengesetzt ist. Die Begriffe Sein, Haben und Scheinen als die Kapitelüberschriften unserer Seminararbeit über Louise Bourgeois.

Unser Professor meinte, Bourgeois' Werke seien für jeden auf Anhieb verständlich und blieben doch auf ewig komplett rätselhaft. Sie hätten tagsüber Ängste und nachts Alpträume in ihm ausgelöst; wir sollten mal nicht gleich so völlig begeistert sein. Harald Fricke habe das Schaffen der Bildhauerin mit einem wuchernden Archiv

verglichen, in welchem sich kontinuierlich Diskontinu-
ierliches ereigne. Unsere Arbeitsgruppe, bestehend aus
Jorinde, Joachim und mir, vermochte darin keinen Man-
gel zu erkennen. Nächste Woche müssen wir Louise
Bourgeois' Monographie in die Akademie-Bibliothek
zurückbringen. Bereits zweimal verlängert, bemerke
ich, nachdem ich, hinten im Einband, nach dem Rück-
gabetermin gesehen habe. Ich konnte Jorinde und Joachim damit neidisch machen, daß ich Louise Bourgeois
einmal persönlich gesehen habe.

Jorinde hat die Zeitung des heutigen Tages aufgeschla-
gen, Seite 9, Abteilung Wissen. Überschrift: Homo- und
Heterosexuelle bewerten die Attraktivität möglicher
Partner auf gleiche Weise. Jorinde schiebt ihr sorgfältig
ausgelöffeltes Frühstücksei beiseite und liest vor: Die
Fähigkeit, Gesichter zu erkennen, ist für den Menschen
besonders wichtig. Daran wirken zahlreiche Teile des
Gehirns mit, und mindestens ein Areal scheint darauf
spezialisiert zu sein, sexuelle Attraktivität zu beurteilen,
wie kürzlich zwei Forscherinnen von der Universität
und der ETH Zürich herausgefunden haben. Ich war
aber bereits in dich verliebt, bevor ich dein Gesicht
überhaupt gesehen hatte, erwidere ich.

Jorinde war bestimmt dreißig, wenn nicht fünfzig Meter
vor mir auf das Museum zugegangen; etwas an ihr, das
sprichwörtliche gewisse Etwas, hatte mich unweigerlich
angezogen, mich meinen Gang beschleunigen lassen, bis
ich sie, regelrecht außer Atem, vor riesigen, die ganze
Wand einnehmenden Zeichnungen Marlene McCartys

eingeholt hatte und, wenngleich in gebührendem Abstand, zwanghaft an ihre Seite trat, sie aus dem Augenwinkel musterte, mustern mußte. Jorinde blickt von ihrer Zeitung auf, und gemeinsam erinnern wir uns an McCartys überdimensionale, verstörende Bildnisse junger Frauen, Mädchen noch, in modischer Aufmachung, wie auf luftigen Modezeichnungen sahen sie aus, irgendwie fand ich sie aufreizend, hübsche Teenager, die eines ihrer Familienmitglieder, nicht selten die Mutter, im Verlauf sogenannter Familientragödien, getötet hatten. Manche von ihnen waren auch, umgekehrt, durch Mitglieder ihrer Familien getötet worden.

Du wirktest beunruhigt vor diesen Bildern, sage ich, und nahmst von mir keinerlei Notiz. Ich war beunruhigt, sagt Jorinde. Im nächsten Saal, in den ich dir, fahre ich fort, möglichst unauffällig folgte, hingen ebenso großformatige Zeichnungen zu einer Clique gleichfalls weiblicher Teenager namens Melinda Loveless, Toni Lawrence, Hope Rippey und Laurie Tackett, eine aufwühlende Sequenz, die bildlich nachvollzog, wie Melinda, Toni, Hope und Laurie das Mädchen Shanda Sharer zu Tode gequält hatten. Ich erinnere mich genau an die Art, in der Marlene McCarty sich die gemeinen Geschehnisse ausgemalt hatte, an die Brustwarzen der Abgebildeten, die überdeutlich und zugespitzt durch ihre Blusen und T-shirts, sogar surrealistisch durch eventuell davor befindliche Gliedmaßen schimmerten; die ein bißchen auch wie aufgenähte Knöpfe wirkten, findet Jorinde. Da würde sie gerne einmal etwas drüber nachlesen. Ich erinnere mich an die unbeteiligten bis neutralen,

hier und da beinahe unbeschwert, ausgelassen wirkenden Blicke der Täterinnen. Auch des Opfers, sagt Jorinde. Ja, irre, auch des Opfers.

Shanda Sharer war zwölf Jahre alt, wurde aber häufig
für bereits fünfzehnjährig gehalten. Sie hatte blonde
Haare und gute Noten, als sie an die Hazelwood Junior
High School in Madison, Indiana, kam. Sie wirkte sowohl auf Jungen als auch auf Mädchen anziehend, sagte
die Museumswärterin, nachdem ich mit ihr ins Gespräch geraten war, und ganz besonders auf die vier-
zehnjährige Amanda Heavrin. Es war deine gedämpfte
Stimme, durch die ich in diesem Augenblick auf dich
aufmerksam wurde, sagt Jorinde. Ich drehte mich nach
dir und der Wärterin um und gesellte mich zu euch,
denn ich war neugierig geworden auf die Geschichte,
die sich hinter diesen Bildern abzeichnete. Amanda,
zierlich, aber burschikos, war die Geliebte der sech-
zehnjährigen Melinda Loveless. Doch keines der beiden
Mädchen verstand sich als lesbisch, rekapituliert Jorinde. Stimmt, keines der Mädchen begriff sich als lesbisch. In Madison, erläuterte die ausnehmend aus-
kunftsfreudige Aufsichtsperson, offenbar eine Aushilfs-
kraft, meint Jorinde, galt Melinda als hübsch, glamourös
und dominant. Bald hatte Amanda Shanda verführt. Ei-
fersüchtig begann Melinda daraufhin, Romanzen mit
anderen Mädchen anzuzetteln. So lernte sie auch Laurie
Tackett, Hope Rippey und Toni Lawrence kennen.

Am 10. Januar 1992 machten sich Laurie, Toni und
Hope auf den Weg zu einem Konzert in Kentucky; wir

wissen, obwohl wir das ganze inzwischen schriftlich haben, nicht, welche Gruppe, welche Künstler sie sich dort ansehen wollten. Auf dem Weg holten sie Melinda ab. Die hatte ein Küchenmesser dabei und kündigte an, daß sie Shanda damit einen Schrecken einjagen wolle. Die anderen Mädchen kannten Shanda noch gar nicht, sagte die Wärterin, konnten sich aber gut vorstellen, daß es Spaß machen würde, ihr ein bißchen Furcht einzuflößen. Laurie und Hope lockten Shanda in ihr Auto, indem sie ihr heimtückisch, fälschlich mitteilten: Amanda erwartet dich. Dann fielen die vier brutal über Shanda her und verprügelten sie, wurden jedoch durch das Geräusch herannahender Fahrzeuge in ihrem Tun unterbrochen. Sie ließen den Motor an und schlugen den Weg in Richtung einer Müllhalde ein.

Stundenlang fuhren sie durch die Gegend, hielten immer wieder an, um Shanda zu mißhandeln, sexuell, aber auch ziellos mit schwerem Gerät aus dem Werkzeugkasten des Automobils. Schließlich stopften sie die apathische Gefährtin in den Kofferraum und fuhren zu Laurie nach Hause, machten es sich dort gemütlich, bis sie durch Shandas gedämpfte Schreie aus dem Kofferraum gestört wurden. Um halb 3 Uhr nachts beschlossen die Mädchen, abermals herumzufahren, damit Shanda ganz langsam sterben könne. Als der Morgen dämmerte, herrschte endlich Ruhe im Kofferraum, und Hope lotste das Fahrzeug auf eine verlassene Nebenstrecke. An einem zugefrorenen Bach öffneten die Mädchen den Kofferraum. Shanda kam ihnen total entstellt vor, und sie blutete heftig. Aber sie war ganz still. Die Mädchen war-

fen sie auf den harten, frostigen Erdboden, übergossen
sie mit Benzin und entfachten ein Feuer.

Vielleicht war es meine beschwingte Art zu gehen,
mein im Rhythmus meiner Schritte wippender Pferde-
schwanz oder meine durch den taillierten Mantel, den
ich an jenem Tag trug, besonders ausgeprägte Silhouette,
sagt Jorinde, die deine Aufmerksamkeit schon vor dem
Museum auf mich zog. Selbstverständlich war es bereits
dein Gesicht gewesen, fahre ich fort, das ich auf Anhieb
ganz unbedingt in Augenschein nehmen mußte, als
dringend anstehende Bestätigung eines bereits unver-
rückbar eingetretenen, nämlich, während ich dir und
deinen Kölner Verwandten nervös nacheilte, sensorisch
aufgenommenen, nicht anders als libidinös zu bezeich-
nenden Wissens über deine so liebenswerte Person. Jorinde lächelt mich an, fährt mir mit langen Fingern über
die Stirn, schiebt kurz meinen Pony beiseite und trägt
weiter aus ihrer Zeitung vor.

Vierzig Personen hatten Felicitas Kranz und Almut
Ishai zu einem Experiment eingeladen: je zehn heterosexuelle Männer und Frauen sowie homosexuelle Männer
und Frauen. Sie sollten Gesichter auf einem Monitor an-
schauen und deren Attraktivität per Knopfdruck bewerten. Dabei beobachteten die Wissenschaftlerinnen
die Gehirnaktivität ihrer Probanden mittels eines funk-
tionalen Magnetresonanz-Tomographen. Während sich
alle, unabhängig von ihrer sexuellen Orientierung, über
die Attraktivität der gezeigten Gesichter einig waren,
zeigten sich in einem Hirnbereich Unterschiede: im so-

genannten orbitofrontalen Cortex, liest Jorinde gedehnt
vor, der sich direkt hinter der Stirn befindet. Like
Jacques Lacan never happened, so kommt mir das vor.

Warte doch einmal ab, sagt Jorinde, denn im orbitofrontalen Cortex reagierten, liest sie mir weiter vor, heterosexuelle Männer sowie lesbische Frauen stärker auf an-
ziehende weibliche Gesichter als die anderen Gruppen.
Bei heterosexuellen Frauen und schwulen Männern kamen dagegen attraktive Männer besser an. Weil es, abgesehen davon, aber keinen prinzipiellen Unterschied
zwischen den Homo- und Heterosexuellen zu verzeich-
nen gab, bewertet, folgern die Forscherinnen, das Hirn
offenbar nur, ob geschlechtlicher Verkehr mit dem ge-
wählten Gegenüber erstrebenswert wäre, und nicht, ob
aus der Verbindung Kinder entstehen könnten. Das
wäre ja auch wirklich biologistisch, werfe ich ein. Das
hatten sich die Forscherinnen aber auch gefragt.

FANTASY

I

I enjoy my breasts as an outward sign of my femininity. And since having my sex reassignment surgery, I also now enjoy my vagina, as being a permanent sign that I am a woman. I get excited when I go to the bathroom, and am forced to sit and pee, and then to wipe myself. I now find that even the more uncomfortable things that women go through, like spending time putting on make-up in the morning, wearing pantyhose and heels, even wearing a bra for me are among the joys of womanhood. It has only been two years, and so far I am very happy and comfortable with my new self. However, I do sometimes think how much of a turn on it would be if I woke up one day and realized I had made a mistake: that being a woman was not what I wanted, but having to live with it the rest of my life. Having to conform to being a woman in society, but not wanting to, is for me the best and most powerful fantasy of all.

II

I am a 35 year old male-to-female post-op of five years. I feel I have a unique situation. Before and during transition, all I could think of is becoming a woman. I started dressing at age 14 and wished that I could one day wake up and change into a female. I started transitioning when I turned 26. I couldn't wait till I could have sex reassignment surgery. That was my ultimate goal. With each step along the way, I treasured seeing my maleness disappear while I blossomed into a woman. My erections began to wither away as my breasts began to bud. I will never forget the day when I tried to have sex with my girlfriend and I just couldn't get an erection. I felt so good knowing I had lost all my manhood at that point; after that I never really had an erection again.

Finally after four years I had sex reassignment surgery. For the first year it was great, exploring getting to know my new body, seeing what I had missed all my life. I came to feel very comfortable with myself, and actually the desire to be a woman stopped. I didn't know what happened. I felt as though I had made a terrible mistake.

After a year of still feeling the same, I began to see myself as trapped, and having to live as a woman. After a while the good feelings came back; but instead of feeling great being a woman, I now felt great being trapped as a woman. All the difficulties associated with being one began to give me pleasure, for instance: having to wear a bra and pantyhose, having to put on makeup when you are running late in the morning, having to sit to pee, wiping myself while I remembered how easy it had been before when I could just stand and pee, having to keep up with fashion, torturing my feet in heels, knowing that I at times was judged on how I looked, and being treated as a second class person. These things turn me on greatly now, knowing what I have given up. I have begun seeing a therapist regarding my feelings, and I know that while I may have made a mistake having sex reassignment surgery, the truth is I really love having to pass and live with my secret regret.

III

Autogynephilia is defined as a male's propensity to be sexually aroused by the thought or image of himself as female. Autogynephilia explains the desire for sex reassignment of some male-to-female transsexuals. It can be conceptualized as both a paraphilia and a sexual orientation. The concept of autogynephilia provides an alternative to the traditional model of transsexualism that emphasizes gender identity.

IV

My story in brief is that I experienced autogynephilia, and it was my primary reason for taking hormones and undergoing sex reassignment surgery. After first experimenting with hormones to see what the feeling was like, I began therapy and went down the track to sex reassignment surgery. I lied to my therapist in many ways so that he would let me continue on the path of so-called womanhood. After a year in therapy and on hormones, with the changes that had taken place both physically and emotionally, I felt no choice but to continue. The feeling that I had to become more feminized grew, the further I went down the road. In spite of my therapist's suggestion that I slow down, or stop treatment for a while to rethink the matter, I continued on to the point of having sex reassignment surgery, which I thought would be the height of my femaleness.

After six months I concluded I was wrong. I really have no feelings or desires to be a woman now; they just vanished over night it seems. Now I'm in counseling with a new body that has been chemically and surgically altered, which I'm not pleased with. It's not that the hormones and surgery weren't a success, because they were. It's just my feelings are gone. Very ironic.

V

I am a 32 year old male-to-female transsexual. My story is rather unique, due to the fact that I really never thought of myself as a transsexual. I have always enjoyed cross-dressing, but the main reason I did this was for my wife, who I found out later was a lesbian. I always knew she was at least bisexual, and at the beginning of our relationship I even allowed her to have woman lovers. After we were married eight years, she said that she wanted to be with women, and though she loved me, she could no longer have sex with me, since she needed and wanted to be with women. After a year of counseling, I decided that if I was going to keep her,

I might think about changing, so I posed the idea to her. She was really receptive to the idea of me becoming a woman.

When I started transitioning, I read up, and told the therapist all the right things. After two years of living full time, and having facial surgery and liposuction and breast augmentation done, I then had sex reassignment surgery. After the excitement of my new self wore off, I began to have regrets about what I had done. While my wife loved the new me, I had a hard time dealing with it. We finally split up.

I felt alone and resentful in a body that wasn't me. But after a couple of years in counseling, I resolved to accept myself and to enjoy it. I have begun to feel excitement in forcing myself to accept my new body, how I look, and how I'm adjusting to my new social role. The more I adapt and fit in, the more pleased I now feel. Having to sit down and pee was quite an adjustment for me, as well as looking at my chest displaying a 38D cup size. I find the two most pleasing things about my situation are that I am moving forward in my new role by comfortably passing as a woman socially, and that I now have breasts. Secretly I have always wanted to experience having breasts, so at least I can do this now.

VI

I categorize myself as androphilic, having lived as a very effeminate child and teenager and then a proudly out gay man up until my mid-30s. I never had much angst about who I was or my feminine nature. The stress I felt presenting as an effeminate man stemmed mainly from a deep anger that I could not simply be accepted for who I was, as I was. I experienced the usual discrimination, harassment, censure, and exclusion, but managed to keep dancing to the beat of my own drum.

I had not cross-dressed since I was a child playing with my Mom's wigs and party dresses and playing dress-up with my little girl playmates. I've known since age 5 that my name was Katherine. The name, as my family told it, had been reserved for the birth of a girl, had I been she. I wore blush or bronzer, concealer, hair color and often clear nail polish through my teens and adult years as part of my grooming. I had a boyfriend in high school. We were vaguely closeted but in love and accepted as best friends. I felt pretty and slim in my stylish clothes and shoes.

I struggled for a couple of years just before my transition as I recognized and tried to understand why I didn't feel that I fit with the Gay community as others seemed to. They were home and I wasn't yet. I grew to feel outside my life and myself. My relationship with my partner suffered horribly as my dissatisfaction grew.

I felt great sadness that I might go to my grave with no one knowing that I had been here. I also was beginning to age and to look less androgynous. My self-image as a handsome woman and pretty boy was threatened.

My struggle ended abruptly when I came to the realization that I, Kate, could live in the world at this point in history. So, I sought counseling and hormone therapy and transitioned about five years ago. Within about fourteen months of my initial realization, I was living full-time. I was shocked to begin losing everything, considering what I thought was a short step from effeminacy to actually presenting as female. I suffered through a sudden avalanche of loss, my lover, job, finances, home, friends and social contacts. I was free falling.

I eventually landed. Now I work in fashion retail management and live with my boyfriend of more than three years. I live and work in entirely different circles than before. I've adjusted, and I'm happy and in love. I do not plan to have sex reassignment surgery. Through hormone therapy, my body is curvy and my body and face conform to exactly who I expected to be at this point in my life: an attractive, young, middle-aged woman.

I tell this brief history to attempt to prompt recognition in transsexual women whose paths were autogynephilic that our experiences as androphilic transsexuals are, in fact, profoundly different. It frustrates me that now my experience as a transsexual woman is being broadly sketched by older, predominately white heterosexual men who also happened to choose to live as women for their own reasons. Turn on Discovery Health, Dateline, and every other program on the issue of male-to-female transsexuals and you see the same story played out, invariably culminating in sex reassignment surgery. It's always the story of an autogynephilic transsexual. These women invariably assert that they had been women trapped in men's bodies. As men, these women were married for years, often with children. They lived, played and worked in classically male environments, just like millions of other American men. There is rarely, if ever, any outward signal of a feminine inner life other than cross-dressing. I respect their journeys, but they don't represent me. Having a vagina and breasts were neither dreams nor goals of mine. Surgically altering my genitals will not complete me. I am complete, shaped by 41 years of being, for all to see, female gendered.

When autogynephilic transsexual women ask me what it's like to be with a man as a woman, I'm perplexed, because the way I experience knowing and loving a man has been a constant in my life. The question makes no sense to me.

VII

For the record, fantasizing about what it would be like for the other side seems to be incredibly common to me, even having very little to do with transgenderism or transvestitism as such. Both are typically associated with real-life behaviors and desires, and fantasy as such doesn't count for much: you can fantasize about anything without necessarily identifying yourself with the fantasy. Great writers do it all the time. Writers of online erotic fiction may typically be somewhat less great and many of them will, in fact, write about things they identify with, but that doesn't count for much if you can't tie it in with real-life behavior. Certainly autogynephilia deals with real life, and is not to my knowledge an attempt at explaining things explicitly put forth as fantasy. The essential question is: is someone writing that fantasy out of a genuine desire to see it happen in real life, or just because the idea was interesting or arousing to them? You could incorporate fantasy outlets in a general theory, but you couldn't start from them. Freud might disagree, but then, Freud was a quack.

SARAH

*For spring you can go fairly feminine
with your masculine look.*

Vero Moda, Spring 2006

Süddeutsche Zeitung vom 9. Februar 2006, Feuilleton, Literatur: J. T. LeRoy, das 25jährige Wunderkind der amerikanischen Literatur der Jahrtausendwende, dessen Bücher in zwanzig Sprachen übersetzt wurden, der HIV-positive ehemalige Strichjunge, der Liebling, Vertraute sogar von Hollywood-Legenden wie Diane Keaton und Popstars wie Madonna, ist eine Erfindung der heute 40jährigen, aus New York stammenden, in Kalifornien niedergelassenen Autorin Laura Albert, der es unter eigenem Namen nicht gelang, im Literaturbetrieb Fuß zu fassen. Die sich als körperlose Telefonsexstimme durchschlagen mußte. Eine Audiokassette mit dem Titel Cyborgasm 2 vertrieb. Und unter dem Namen Speedie als Sängerin einer wenig erfolgreichen Band namens Thistle, vormals Daddy Don't Go, bekannt wurde, in welcher ihr Lebensgefährte Geoffrey Knoop unter dem Pseudonym Astor Gitarre spielt. Sie ruft ihn ihr kleines Mädchen, ihren kleinen Jungen, nennt ihn einen unartigen Schwanzlutscher, den sie gnadenlos, in Mädchenunterwäsche, sagt sie, auf den Strich schicken werde.

1996 ruft Laura Albert in San Francisco den von ihr be-
wunderten schwulen Autor Dennis Cooper an. Weil sie
davon ausgeht, dessen Interesse als 30jährige Frau nicht
erregen zu können, gibt sie sich am Telefon als schwuler
Teenager aus, der sich selbst den Namen J.T., für Jeremy
Terminator, LeRoy gegeben und als minderjährige
Dirne auf West Virginias Fernfahrerstrich gearbeitet
habe, gemeinsam mit seinem großen Vorbild, seiner Ri-
valin, seiner Mutter. Der von dieser als ihre kleine
Schwester ausgegeben, immer wieder auch an ihre bru-
talen Liebhaber weitergereicht und entsprechend miß-
handelt worden sei. Mutter und Sohn im professionellen
Partnerlook, mit goldenen Locken und Abend-Make-
up, in kurzen ledernen Miniröcken. Manchmal habe sie
ihn auch als ihren kleinen Bruder ausgegeben. Der Sohn
immer wieder von seiner drogen- und alkoholkranken
Mutter im Stich gelassen, aufgegeben. Schließlich habe
er es zur kostbarsten Hure in einem luxuriösen, von einem gediegenen Luden geführten Rasthausbordell gebracht, dann aber habe sich sein Schicksal zum Bösen
gewendet. Dennis Cooper hört sich alles sehr interes-
siert an, J. T. LeRoy kommt ihm auf Anhieb wie einer
seiner eigenen Erzählungen entsprungen vor, und tele-
foniert fortan regelmäßig mit Laura Albert, und emp-
fiehlt dieses außergewöhnliche Nachwuchstalent New
Yorker Verlegern sowie dem Schriftsteller Dave Eggers
weiter, welcher ihm, alles telefonisch, Ratschläge für
sein berufliches Fortkommen erteilt. Später werden
Leute in der Branche verbreiten, Eggers habe LeRoys
Geschichten höchstpersönlich zu Papier gebracht.
Auch Michael Chabon kommt kurz ins Bild.

2000 erscheint J. T. LeRoys autobiographischer Debüt-
roman unter dem Titel Sarah, im Text ist das zunächst
der Name der Mutter, später auch der ihres Sohnes, und
wird seiner sensationell kraftvollen Sprache und seines
alle erschütternden authentischen Hintergrunds wegen
zu einem gewaltigen Erfolg in der literarischen Welt.
Dennis Cooper spricht von einer echten Offenbarung.
Jerry Stahl stellt sich vor, Flannery O'Connor hätte, an
ein Bett gefesselt, mit Engelsstaub überhäuft, wahrscheinlich genau so geschrieben. Suzanne Vega meldet
sich entzückt zu Wort. Gus Van Sant kündigt an, Sarah
zu verfilmen. Kurz darauf kommt das Gerücht auf, Van
Sant sei LeRoy selbst. Die Gruppe Thistle rückt endlich
ins Rampenlicht. Als Verfasser ihrer Songtexte sei J. T.
LeRoy jedoch, heißt es, zu scheu, um mit der Band auch
live aufzutreten.

Eine enorme Lawine öffentlichen Interesses rollt auf die
literarische Supernova zu. Als sogar ein deutscher Fern-
sehsender um ein Interview bittet, entscheiden Laura
Albert und Geoffrey Knoop, dessen junge Halbschwe-
ster Savannah Knoop öffentlich als J. T. LeRoy auszuge-
ben. Zur Tarnung trägt die zierliche Frau eine weiß-
blonde Perücke sowie eine große schwarze Sonnen-
brille. Savannah wirkt dabei wie eine Mixtur aus Andy
Warhol und Michael Jackson. Trägt häufig auch einen
schwarzen Herrenhut. In Klammern: Michael Jackson,
der die verabredeten Kategorien von Rasse und Geschlecht verletzte, als der gemeinnützige Aussätzige der
US-amerikanischen Gesellschaft der Jahrtausendwende.
Sarah als jener Name, den die Deutschen des Nazi-Re-

gimes sämtlichen in ihre Konzentrations- und Vernich-
tungslager zu deportierenden jüdischen Frauen verpaß-
ten. Laura Albert und Geoffrey Knoop treten ab jetzt
ebenfalls auf, und zwar in der Rolle fürsorglicher Er-
satzeltern, die den einsamen, mißbrauchten, drogen-
süchtigen Strichjungen, dessen leiblicher Vater ein nam-
hafter Theologe sei, von den Straßen San Franciscos
geholt hätten. Und ihn nun folgerichtig auf seinen Lese-
tourneen begleiteten. Sie verbreiten, J. T. LeRoys frühe-
ste Aufzeichnungen basierten auf Tonbandmitschnitten
einer Sozialarbeiterin namens Emily Frasier. Ein Psy-
chologe namens Dr. Terrence Owens hätte dem Jungen
im Zusammenhang zahlloser Therapiesitzungen aufgetragen, sich seine traumatischen Erlebnisse von der Seele
zu schreiben.

J. T. LeRoys schmutzige Geschichten um Stolz und Er-
niedrigung, gepaart mit seinem verstörend mädchenhaf-
ten Look, werden zum letzten Schrei in Printmedien
wie der New York Times, in Vanity Fair, Andy Warhol's
Interview, The Face und dem Jetzt Magazin der Süddeutschen Zeitung. Auf der Liste der Stars, die gerührt
von Telefonaten mit LeRoy erzählen und sich gern mit
ihm fotografieren lassen, stehen Debbie Harry, Court-
ney Love, Tatum O'Neal, Liv Tyler und Pink. Shirley
Manson schreibt mehrere Songs für ihre Band Garbage
über ihn. Winona Ryder trifft J. T. LeRoy eines Abends
vor der Oper. Weil sie sich gerade von Johnny Depp ge-
trennt hat, gibt sie die ursprünglich diesem zugedachte
zweite Karte an den geheimnisumwitterten Schriftsteller weiter. Gemeinsam hätten sie sich dann La Bohème

angesehen und viele Tränen vergossen. Da habe ich mich
in ihn verliebt, bekennt die gefeierte Schauspielerin,
aber nicht auf diese romantische Art. Sie könne mit ihm
im Bett liegen, kuscheln und sich dabei ganz sicher fühlen. Er sei so wahr. Er sei so ein Poet. Asia Argento, die
in ihrer Verfilmung seines Lebens J. T. LeRoys Mutter
spielt, soll sogar von ihm schwanger sein. Dabei habe sie
sich am Set zunächst eher vor ihm gefürchtet, besonders
vor seiner Beurteilung der Dreharbeiten. Asia Argento
war bereits die Geliebte von Vincent Gallo. Peter Fonda
und Ornella Muti spielen J. T. LeRoys bigotte Großeltern. Winona Ryder und Marilyn Manson sind ebenfalls
mit von der Partie.

Argentos Spielfilm The Heart is Deceitful Above All
Things wird ungefähr zeitgleich mit der aktuellen Verfilmung von Truman Capotes autobiographischer Ver-
wicklung in die Handlungsstränge seines dokumentarischen Romans In Cold Blood in die Kinos kommen.
Norman Mailer meinte, es sei bestimmt ganz schön an-
strengend, Truman Capote zu sein: Manieriert, egozen-
trisch, von kleinem Wuchs, mit einem hohen Singsang in
der Stimme, homosexuell und homophob in einem Zug,
voller Selbsthaß, aber mit einer scharfen Beobachtungs-
gabe ausgestattet. Legendär, wie er Bekannte, selbst
Freunde, angreifen, vernichten konnte. Philip Seymour
Hoffman hat Truman Capote in Bennett Millers Spielfilm Capote darzustellen und fühlt sich von den zurück-
liegenden Dreharbeiten wie ausgelaugt. Synopse: Der
Schriftsteller verliebt sich bei seinen Recherchen in einen Mörder, benötigt jedoch dessen sicheren Tod, die

Vollstreckung des Todesurteils, zur ästhetischen Vollen-
dung seines dokumentarischen Romans. Nach dessen
ungeheurem Erfolg ihm für den Rest seines Lebens
nichts Bedeutendes mehr einfallen will. Hoffman fragt
sich, ob die Kinozuschauer so einen Typen überhaupt
sehen wollen.

Die Honorare für J.T. LeRoys Zeitungs- und Magazin-
artikel gehen allesamt an Laura Alberts Schwester
JoAnn, die Buchverträge wickelt eine Firma namens
Underdogs Inc. im Wüstenstaat Nevada ab, als deren
Präsidentin Carolyn F. Albert, Laura Alberts Mutter,
firmiert. 2001 erscheint J.T. LeRoys zweites Buch, zehn
autobiographische Erzählungen unter dem der Bibel
entlehnten Titel The Heart is Deceitful Above All
Things, 2005 sein drittes Buch, die Novelle Harold's
End, mit einem Vorwort von Dave Eggers. Im Oktober
2005 legt der Journalist Stephen Beachy in einer detekti-
visch minutiös recherchierten Geschichte für das New
York Magazine nahe, daß J.T. LeRoy von einer anderen
Person dargestellt werde. Als akut gefährdetes Mitglied
einer gesellschaftlichen Minderheit, nämlich jener Menschen, die ihre vorgeschriebene geschlechtliche Identität
überschritten hätten, habe er sich vor Angriffen zu
schützen und tue dies, indem er sich hier und dort öffentlich vertreten lasse, gibt LeRoy gelassen zurück.
Man könne sagen, er, Laura und Geoffrey bildeten eine
Art Trapp-Familie, eine Warholsche Factory, erklärt J.T.
LeRoy Stephen Beachy telefonisch. Tatsächlich spricht,
hat der Journalist längst investigativ errungen, Laura
Albert am anderen Ende der Leitung.

Die Verwirrung kulminiert, als Anfang 2006 Fotos, die
Savannah Knoop als Savannah Knoop zeigen, im Internet auftauchen: Savannah bei der Eröffnung eines Klei-
derladens, Savannah als Model einer Modefirma. Über-
einstimmend bestätigen J. T. LeRoys Agent, sein Manager sowie sein Filmproduzent, auf den Bildern nicht nur
eine attraktive Frau um die Mitte zwanzig zu erkennen,
sondern auch ihren juvenilen Starschriftsteller. Agent
Ira Silverberg, der zugleich Dennis Coopers Agent ist:
Alle seien so großzügig gewesen, weil sie aufrichtig ge-
glaubt hätten, einem AIDS-infizierten Ex-Junkie zu helfen, einem ehemaligen Stricher, welcher die Härten seines Lebens zu Kunst verarbeite.

Geoffrey Knoop und Laura Albert, die seit sechzehn
Jahren zusammenleben und tatsächlich gemeinsam einen kleinen Sohn haben, werden nervös. Es ist Geoffrey,
dem die Angelegenheit zu heikel wird. Die beiden geraten in einen zunehmenden Streit, schließlich kommt es
zum Zerwürfnis, und Laura und Geoffrey entscheiden
sich, getrennte Wege zu gehen. Sie taucht anonym unter,
er wendet sich im Februar 2006 mit der wahren Geschichte um J. T. LeRoy an die Presse, berichtet dieser
auch, wie Laura dessen schockierende Erzählungen in
ihrer gemeinsamen Wohnung verfaßt habe. Man solle
diese Texte jedoch nicht als Streiche oder gar Fälschun-
gen Lauras, sondern vielmehr als Teil ihrer selbst be-
trachten. Als Savannah Knoop von Journalisten angerufen und um eine persönliche Stellungnahme gebeten
wird, antwortet sie sehr knapp, das hier jetzt in ihrem
Leben überhaupt nicht gebrauchen zu können, und be-

endet die telefonische Verbindung. Jens-Christian Rabe formuliert in der Süddeutschen Zeitung: Fast alles im Leben ist einfacher, wenn du ein hübsches Mädchen bist, sagt der zwölfjährige Erzähler in LeRoys Debüt Sarah, um sich fortan ebenso zu nennen. Laura Albert hat nichts weiter getan, als dieses Prinzip für den Literaturbetrieb konsequent zu Ende zu denken. Stephen Beachy war von J. T. LeRoys Œuvre bislang nicht sonderlich beeindruckt, Laura Albert hält er nun aber für eine große Autorin.

OPEN SCORE

Als Esthers Erziehungsberechtigte sind wir auf die Liste der fünfhundert Leute geraten, die heute abend, am 14. Oktober 1966, in der provisorisch umfunktionierten Armory des 69. Regiments dabeisein dürfen. Der Künstler hat eine ansehnliche Summe an die Schule, auf die unsere Tochter geht, gespendet, im Gegenzug bilden wir das artige Publikum seiner geheimnisvollen Performance. An der letzten Sequenz des künstlerisch Dargebotenen sind wir sogar aufgerufen, tatkräftig mitzuwirken. Meine Frau und ich haben dazu hektographierte Zettel mit entsprechenden Anweisungen ausgehändigt bekommen. Bereits am Eingang der Armory konnten wir unsere Vor- und Nachnamen in ein Mikrophon sprechen. Wir haben wohl hier und dort schon etwas über Robert Rauschenberg gehört, vermögen aber keinerlei Vorstellung zu entwickeln, was uns in den kommenden Minuten erwartet. Wir haben uns leger angezogen, auf der frisch gezimmerten Tribüne relativ weit vorn, neben den Siegels, Platz genommen und sind auf angenehme Weise gespannt.

Die Tennisspieler, Frank Stella und Mimi Kanarek, betreten den Platz. Ungewöhnlich, daß ein Mann gegen eine Frau spielt, sagt meine Frau. Der Mann trägt lange Tennishosen, die Frau hat ein unglaublich kurzes, am ihren Schritt gerade eben bedeckenden Saum wie ein

Baby Doll gerüschtes Tenniskleid an. Meine Frau fragt
sofort nach, ob ich sie sexy finde. Die Tennisspielerin
geht in die Hocke und mißt mit ihrem Tennisschläger
die Höhe des Netzes nach. Als sie in die Hocke geht,
kommt ihr Schlüpfer zum Vorschein. Nicht so sexy wie
dich, antworte ich meiner Frau. An den Enden des über
die Mitte des Spielfelds gespannten Netzes stehen einige
Leute herum, ein Balljunge, ein Ballmädchen, aber auch
welche, deren Funktion wir nicht ausmachen können.
Künstler, wahrscheinlich, sagt Becky Siegel.

Das Spiel beginnt; die Frau ist eindeutig überlegen, wo-
für sie ihrem Partner die Bälle auffallend kamerad-
schaftlich zuspielt. Mit jedem Schlag wird ein elektro-
akustisch verstärktes Geräusch in der Halle übertragen;
die beiden Tennisschläger wurden von Technikern der
Bell Telephone Laboratories mit Tonabnehmern, Sen-
dern und Antennen versehen, hat Josh Siegel mitbe-
kommen. Die Tonabnehmer sind am Rahmen, wo der
Griff anfängt, untergebracht, die Sender im ausgehöhl-
ten Griff, die Antennen um den bespannten Rahmen gewickelt. Neben dem Spielfeld positionierte UKW-Emp-
fänger nehmen die Signale auf und speisen sie in das
Lautsprechersystem ein. Das hört sich musikalisch an,
Mann und Frau wirken sofort wie choreographiert,
denke ich. Mit jedem Ballwechsel erlischt auch eine der
zahlreich installierten Deckenlampen, so daß sich die
gesamte Szenerie im Lauf der Partie verfinstert. Instink-
tiv greife ich nach dem Unterarm meiner Frau.

Als sich völlige Dunkelheit unter dem gewaltigen Dach-
gewölbe der Armory ausgebreitet hat, findet das Ten-
nisspiel sein Ende, obgleich es noch gar nicht entschie-
den ist. Nachtsichtkameras, wie sie eigentlich nur das
Militär besitzen darf, suchen den Raum ab, nehmen uns
auf und übertragen unsere Gestalten, unsere warmen
Körper, die sich jetzt, wozu wir uns im voraus bereit erklärt haben, auf das Spielfeld zu bewegen, unscharf kon-
turiert, irgendwie geisterhaft auf riesige Leinwände,
welche schräg von der Decke herabgespannt wurden. In
Wirklichkeit wird die Halle, sagt Josh, von Infrarotlicht
durchflutet, das wir aber nicht wahrnehmen können.
Die Dunkelheit ist lediglich illusorisch, denke ich. Ist
fiktiv. Finsternis gibt es gar nicht.

Wir sehen alle blond aus in der grünlich flimmernden
Bildauflösung. Direkt nordisch, findet Josh. Germa-
nisch. Wie die Deutschen, ergänze ich. Aber auch wie
vom Mars. Meine Frau fragt sofort nach, ob ich sie in
blond womöglich attraktiver fände. Aber nein, gebe ich
zur Antwort, ganz bestimmt nicht. Über Lautsprecher
wird jetzt das Tonband abgespielt, auf welches wir unsere Namen gesprochen haben. Ein Walter Siegel ist
auch da, aber unsere Siegels kennen ihn nicht. Manche
Namen kommen mir total ausgedacht vor, Cosmos Robert Savage, zum Beispiel. Künstlernamen, meint Becky,
und wahrscheinlich hat sie recht. Auf verabredete Licht-
signale aus Taschenlampen hin befolgen wir verschie-
dene Anweisungen, vollziehen im Dunkeln bestimmte,
knappe Gesten, die wir uns anhand der zuvor ausgeteil-
ten Listen eingeprägt haben.

Ich zücke mein Taschentuch. Ich ziehe mein Jackett aus.
Und ziehe es wieder an. Ich zeichne ein Dreieck in die
Luft, so hoch ich nur kann, erkenne mich dabei sogar
auf der Leinwand über uns wieder. Ich lege meine
Hände auf zwei Stellen an meinem Körper, an denen ich
kitzelig bin, bleibe dabei aber ernst. Eine mir wild-
fremde Person umarmt mich für einen Augenblick sehr
fest und umarmt direkt anschließend, ebenso kurz und
fest, die vor mir stehende, nur schemenhaft erkennbare
Becky. Becky meint, das war ein Mann, ich glaube aber,
es war eine Frau. Meine Frau bürstet nun, auf Rauschenbergs Lichtzeichen hin, ihr langes Haar, doch erst
auf der Leinwand vermag ich die schlangenartigen Kör-
perbewegungen, die sie dabei, mehr oder weniger unwillkürlich, vollzieht, auszumachen. Ich befinde mich,
ganz unmittelbar, in einem gleichsam sekundären Vor-
gang, denke ich, einem kollektiven Ereignis, das nur in
seiner vermittelten Form, in seiner, wenngleich syn-
chronisierten, technischen Reproduktion, wahrnehm-
bar wird.

Nach und nach gehen, ganz langsam, die Flutlichter
wieder an, aber wir haben Anweisung, noch auf dem
Spielfeld zu verweilen, bis es erneut hell in der Armory
geworden ist. Wie zahlreich wir sind, denke ich, während ich mich umblicke. Und wer mich vorhin wohl
umarmt hat? Josh und Becky Siegel haben ihre Brillen
abgenommen und reiben sich die Augen, als seien sie soeben erwacht. Meine Frau hat ihren Kopf an meine
rechte Schulter gelehnt. Schade, daß es schon vorbei ist,
sagt sie. Wir haben vielleicht nicht verstanden, aber wir

hätten endlos so weitermachen können. Es ist ja gar nicht wirklich vorbei, sage ich. Wir nehmen es mit nach Hause. Dann setzen wir uns mit den anderen, Richtung Ausgang, in Bewegung.

INHALT